Seul ce qui brûle

Christiane Singer

Seul ce qui brûle

ROMAN

Albin Michel

IL A ÉTÉ TIRÉ DE CET OUVRAGE

Vingt exemplaires
sur vélin bouffant des papeteries Salzer
dont dix exemplaires numérotés de 1 à 10
et dix exemplaires, hors commerce, numérotés de I à X.

A Richard Ducousset
pour ces années
de ferveur littéraire partagée.

Préambule

Un gentilhomme du nom de Bernage est envoyé en légation par le roi Charles VIII à Cologne.

Un soir, contraint de faire une halte, il demande l'hospitalité dans un château. Le maître de maison le reçoit dignement. Le voilà attablé dans une vaste salle quand soudain :

« Il vit sortir de derrière la tapisserie une femme, la plus belle qu'il était possible de regarder mais elle avait la tête toute tondue, le demeurant du corps habillé de noir...

Elle alla s'asseoir au bout de la table, sans parler à nulluy et ny nul à elle. Après qu'elle eut mangé un peu, elle demanda à boire, ce

que lui apporta un serviteur, dans un émer-
veillable vaisseau, car c'était la tête d'un mort
dont les yeux étaient bouchés d'argent... »

De cette nouvelle de trois pages, la trente-
deuxième de l'*Heptaméron* de Marguerite de
Navarre, est né ce récit.

Il est une sorte d'hommage à la jeune fille
de quinze ans que j'ai été qui, après lecture,
avait inscrit une seule phrase :

Comme cette histoire me trouble !

De cette interjection monte en moi un
frémissement de mémoire : la peur panique
que je n'ai cessé d'éprouver une vie durant
de toute tiédeur – *Nihil nisi ardeat !* Seul ce
qui brûle ! – et la hantise de vivre plat.

Aussi ai-je eu envie d'aller, quelques décen-
nies plus tard, à la rencontre de ce trouble et
de le dilater, de l'évaser à l'extrême comme
dans ces dessins d'architecture de Piranèse où
une volée de marches en engendre une autre,
une autre encore, déroule ses quartiers tour-

nants, ses rampes et s'élance de palier en palier vers le vide.

Ce que je n'avais pas soupçonné, c'est le plaisir que je prendrais à reconstituer un monde si lointain, si étranger à nos priorités d'aujourd'hui, un univers protocolaire et violent où la soumission prend tous les visages : les humbles devant les puissants, les femmes devant les hommes, les âmes devant Dieu et tous – quels qu'ils soient – devant l'incandescence sauvage de l'éros.

Rien ne m'apparaît plus apte à nous refléter l'irréalité de nos systèmes de pensée contemporains que l'exploration d'autres espaces humains d'égale chimère et d'égale fureur.

Madras, 5 janvier 2006-
Rastenberg, 3 mars 2006

*Lettre
de Sigismund d'Ehrenburg
au seigneur de Bernage*

Cher et noble ami,

Ma gratitude à votre égard dépasse tout ce que vous pouvez imaginer.

Mon désespoir m'avait jeté en enfer. Etait-ce mon honneur que j'avais voulu sauver dans cette infâme mise en scène ? Mon honneur ? Cette dérisoire simagrée que nous appelons honneur ?

Ou n'étais-je pas plutôt pétrifié, les yeux rivés sur cette scène de trahison insoutenable ? Et n'était-ce pas précisément cette scène que je réactivais chaque jour sans merci en contraignant Albe de toucher des lèvres le crâne de celui qui, au prix de sa vie, l'avait approchée de trop près ?

Qu'un homme blessé dans ce qui lui a été le plus sacré puisse devenir féroce, qui s'en étonnera ?

Ce dont je suis sûr, c'est que, sans votre arrivée inopinée à Ehrenburg, j'aurais continué ainsi jusqu'à la fin de mes jours, geôlier de ma propre plaie, occupé de la raviver jour après jour.

J'ose maintenant laisser au fil de ma plume se dérouler toute mon histoire, comme vous avez eu l'amitié de m'en prier.

Vous en connaissez certes l'essentiel mais vous ne dédaignerez pas d'en suivre les méandres. N'est-ce pas votre intérêt si vif et si inespéré qui, après trois ans d'une solitude et d'un silence violents, m'a sorti du tombeau ? La parole que vous m'avez adressée et celle que vous avez ranimée en moi m'ont porté

au-delà de mon obsession et de mon enfer-
mement.

Vous m'avez réveillé comme en sursaut
d'un cauchemar.

Qu'avais-je donc vu qui me rendit fou à
lier ? Que s'était-il passé pour que le sol se
dérobât ainsi sous mes pas ? L'honneur
n'était qu'une façade. Ce n'était pas l'honneur qui m'était arraché. C'était la Vie. Cette
femme était la Vie.

Je ne sais, cher et vénéré ami, si vous avez
eu le terrifiant privilège de connaître la passion d'amour. C'est le plus vertigineux des
abîmes dans lequel il est possible à l'homme
de descendre. Un abîme de flammes et de
souffrances aiguës.

Mais si quelqu'un se mêlait de vouloir sauver celui qui y est tombé, vous l'entendriez
hurler comme si on lui arrachait la peau !

La seule délivrance est d'y être consumé
sans résidus !

Albe avait treize ans quand je la vis pour la première fois. Une compagnie de chasse dont j'étais fit une halte hospitalière dans le château de sa famille. Soudain elle apparut.

Elle traversait la salle et marchait à tout petits pas ; elle tenait à deux mains une coupelle d'eau pleine qu'elle portait à son chien enchaîné dans une encoignure de la pièce. Sa concentration à ne pas verser une goutte était si dense qu'elle ne vit ni ne perçut rien de ce qui l'entourait. La grâce meurtrière de son avancée petit pas après petit pas et sa cascade de cheveux mordorés à peine retenue d'une cordelière de soie me tinrent pétrifié. Je n'avais jamais rien vu de ma vie d'aussi beau ni d'aussi terrifiant que cette apparition.

C'était la concentration de cette toute jeune fille qui me bouleversait le plus : une fois dans ma vie, tenir dans les bras une femme dont la concentration totale serait dirigée vers moi, qui m'accueillerait en elle dans ce rassemblement aigu ! Une fois ! Une seule fois ! Je ne sais si vous pouvez me suivre mais je devins fou.

Chaque nuit, sa mémoire me visitait ; elle traversait ma chambre, la coupelle entre ses deux mains, dans une avancée lente et irrésistible que n'entravait aucun meuble, aucun bahut, ni même mon lit – et dans l'ombre au fond de la pièce, j'entendais le molosse laper bruyamment l'eau dans ses mains. J'ai passé des nuits entières à gémir.

J'avais déjà plus de trente-cinq ans – un âge de grande maturité, croirait-on ; j'étais veuf d'une bonne épouse appliquée à bien faire, sans grand défaut et sans génie aucun et dont je m'étonnais toujours de la trouver dans mon lit ou à ma table. Notre union était restée sans fruit.

Ma famille me harcelait. Il ne s'écoulait pas une saison sans qu'on me présentât des alliances possibles. Aucune ne me convenait. J'étais ennuyé à l'idée de contracter devoirs et engagements envers une personne plus ou moins étrangère et qui entraverait mes rêveries. Une servante ci et là me suffisait amplement.

Ces réflexions me font sourire aujourd'hui ; je me suis cru, comme plus d'un, maître de ma destinée !

Après l'apparition d'Albe – comment appeler autrement son irruption dans ma vie –, je me décidai, contre la forte résistance de mes frères qui me mirent en garde contre la médiocrité de cette alliance, à la demander à son tuteur et à sa mère.

Ils me l'accordèrent sans hésitation, vu l'avantage de ma position. Pourtant, sur l'intervention de sa gouvernante, Madame Rosalinde, qui avait grand pouvoir dans la maison, on me fit patienter neuf mois, non qu'elle fût nubile – ce qu'elle était de sublime évidence – mais qu'elle fût mûre pour les fonctions qui l'attendaient à Ehrenburg.

Seul ce qui brûle

Cette gouvernante, que j'avais d'abord maudite, était une sainte femme fort érudite qui enseigna à Albe non seulement à lire et à écrire mais en plus du français, de solides rudiments de latin et de grec. Je crois qu'elle vouait une adoration à sa protégée. Elle mourut peu avant nos noces et je ne m'étonnerai pas que cette mort subite ait eu un lien direct avec le départ d'Albe. Je n'avais pas jugé bon qu'elle la suivît à Ehrenburg.

A travers mon époux, c'est Dieu que je servirai corps et âme.

Voilà la maxime qu'elle avait brodée sur la chemise qu'Albe portait sous ses vêtements d'apparat à nos noces. Comment n'aurais-je pas été touché par cette dévotion qui me dotait si richement ! Qui s'en fût plaint ?

Jamais je n'oublierai l'arrivée d'Albe à Ehrenburg. Elle s'orienta tout de suite dans l'enceinte et dans le château, le nez pointé en avant, touchant à peine le sol de ses pieds prestes, flairant ses repères. Je n'eus rien à lui montrer. Je la suivis. Elle était chez elle. Elle fut instantanément le moyeu d'où partaient les galeries, les couloirs, les volées de marches, le déploiement de salles et de chambres. Tout paraissait surgir d'elle – c'est à travers elle, désormais, que j'avais accès à ce lieu. Posait-elle les yeux sur une frise ou sur un rinceau ou sur une alvéole dans un mur, le bois sculpté d'un dossier de siège que ce détail aussitôt s'éclairait. Les tapisseries semblaient s'animer : un griffon apparaissait sous le lambrequin d'un dais ou c'était un couple enlacé que je n'avais encore jamais vu qui cherchait refuge dans une charmille. Je vous fais sourire, n'est-ce pas ? Pourtant j'ai vu de mes yeux tout s'animer sur son passage. Elle avait reçu la grâce et cette grâce, partout où elle se tenait, coulait en abondance !

Il n'est au pouvoir d'aucun homme de décrire ce qui se passa pour moi durant cette première nuit de notre union. J'en escomptais les plaisirs que j'étais en droit d'attendre. Je reçus ce que l'imagination ne donne pas. Albe fut pour moi le point de convergence de tous les mouvements sidéraux. Je restai longtemps sans conscience. Longtemps.

Ne m'en veuillez pas de vous parler avec cette franchise – mais elle me réconforte. Je n'ai pas rencontré d'homme à qui parler de ce que j'avais connu. Chaque fois que je tentais d'en exprimer quelque chose, je voyais l'œil de mon interlocuteur se voiler d'une inquiétude, d'un malaise, comme d'un doute sur l'état de ma raison. Les hommes sont persuadés qu'au-delà des fornications et des gauloiseries convenues, il n'y a rien. Et qu'un accès à la jouissance aussi commun et répandu que la ripaille, la boisson et les femmes ne peut rien receler qui soit précieux ou profond. C'est presque offenser le ciel que le présumer. Mettre le plaisir qu'on prend sur les femmes plus haut que la beuverie est déjà une naïveté – mais oser l'exalter, plus encore y mêler le ciel effraie comme un parjure. Le fait est que je n'ai jamais trouvé parmi mes proches et mes compagnons d'armes et de chasse la moindre oreille attentive et que, à m'entendre, chacun s'est cru obligé de hocher la tête et de me rappeler pour m'égayer les débauches partagées – comme si le plus bas était la preuve convaincante que le plus haut n'existait pas.

Or ce que j'avais touché en Albe était un point de non-retour. C'était le secret des mondes. Voilà la vérité. Et je restai longtemps sans conscience, sans identité et sans mémoire – dans le roulis du sang à mon oreille –, à peser sur elle de tout mon poids d'homme. Je ne saurais plus dire ce qu'il m'a été donné de vivre. Etait-ce un vide ? Une béance ? Oui, c'était plutôt rien que quelque chose... une aspiration vertigineuse... une jubilation infinie qui me soulevait. Je n'existais pas. Ni elle d'ailleurs. Seule existait cette jouissance insoutenable tendue comme un fil entre sa vie et ma mort.

Albe était devenue pour moi la coupe du Graal que je boirais jusqu'à la lie. C'est en elle que j'avais eu accès à l'infini. Elle me tenait fasciné.

La vie quotidienne auprès d'elle aurait dû au fil des jours m'apaiser. Il n'en fut rien.

Sa présence m'enivrait à chaque moment.

Lorsque je m'asseyais le soir près de la grande cheminée pour y perdre mon regard dans les braises, elle se blottissait entre mes bras comme une bête qui cherche où faire sa nuit. L'abandon de son corps ne se peut décrire ni la manière dont elle agréait ma présence et mon désir. Elle avait le plus beau souffle entre le ciel et la terre. Il émanait d'elle une fraîcheur d'ombre et de lumière végétale, fraîche et grisante à la fois. Elle me semblait vivre d'amour et d'enjouement comme le pluvier vit du vent. A table ne picorait-elle

pas sa nourriture plus qu'elle ne la mangeait ?
On la voyait bouder les viandes et le gibier
et même les chapons et les oies, et creuser des
trous dans son gruau comme un souriceau
tant ces bouchées étaient petites. Pourtant je
l'ai vue avide devant les jattes de framboises
et de crème nappée de miel. Là, je m'arrêtais
de manger pour regarder ma gloutonne vider
son écuelle.

Et puis venaient les heures obscures où,
nuit après nuit, j'étais le serviteur de son
corps noble et beau et où j'échappais à la
calamité d'exister pour me perdre en elle. Car
nulle part ailleurs que dans la femme, cette
petite sœur docile de la mort, notre extinc-
tion n'est plus totale.

Le jour ne l'éloignait pas de moi. Son
visage m'habitait dès le matin et venait se
placer entre mon regard et toute chose. Si
j'étais à harnacher ou brider mon cheval, le
frémissement de sa peau était déjà sous mes

doigts. Si je m'échinais à mon écritoire sur une page de comptes, ses yeux apparaissaient dans le remous des chiffres et puis ses lèvres. Rien ne me distrayait d'elle.

Quand je la perdais de vue entre les arbres, je n'avais pas besoin de la voir pour la retrouver. Quelque chose d'elle restait pour moi dans l'air où elle passait ou sur la murette où elle s'était assise.

Moi qui avais tant aimé la solitude la plus farouche – tout au plus la compagnie muette d'un écuyer – et la chasse et les chiens et les faucons et les chevaux, je n'avais plus de plaisir à rien sans qu'elle y fût.

J'en fis une sauvageonne, une cavalière d'enfer, mon écuyère ! Elle ne connaissait guère la peur. Aucun obstacle ne la faisait reculer. Et cette folle détermination alliée à tant de grâce – un jeune bouleau que la tempête échevelle et tord – fouettait mon sang. Sa jument aussi rendait mon hongre fou et il nous arrivait de vivre de bien furieux quadrilles !

Je crains que nos cavalcades d'automne, toute bride abattue où, à travers guérets et brûlis, nous ne touchions plus terre attirèrent sur nous la jalousie des dieux.

Vinrent les années où les soucis d'intendance, les mauvaises récoltes, les dettes trop légèrement contractées envers les créanciers d'Augsbourg, me retinrent plus que je ne l'eusse souhaité à mon pupitre.

Elle voulait m'y rejoindre, se plaisait à tailler mes plumes d'oie et de cygne, à manier l'alène pour percer les trous dans les pages et les relier habilement à l'aide de minces lanières de cuir, que sais-je encore. Mais sa présence m'arrachait à ma concentration et me mettait en fièvre. La voir dans une vive application mordiller sa langue ou sa lèvre en était déjà trop. Je ne tardai pas à lui interdire l'accès de mon étude. Pourtant, fourbe que

j'étais, je n'observais que mieux par la fenêtre
ouverte ses allées et venues dans la cour et les
communs. La prestesse avec laquelle elle diri-
geait les servantes m'amusait et surtout son
aplomb devant la vieille Aglaë.

Cette douairière, qui gouvernait tout ici
sans merci et sans pardon – et dont je ne tirais
pour ma part que les avantages d'un train de
maison bien ordonné –, avait déjà poussé au
désespoir ma mère puis ma première épouse.
Elle opposait aussi à l'immixtion de la nouvelle maîtresse d'Ehrenburg dans les affaires
domestiques une âpre résistance. Et je me gar-
dais de voler au secours d'Albe, persuadé que
c'était pour elle la bonne école. Elle qui
gagnait tous les cœurs, comment aurait-elle,
sans Aglaë, fait l'apprentissage des limites ?

Dans la troisième année de notre mariage,
une épreuve nous fut envoyée. Albe fit une
fausse couche et perdit l'enfant. Les fièvres
qui s'en suivirent mirent sa vie en danger et
me révélèrent – s'il en avait été besoin ! – la

29

violence de mon attachement pour elle. Je ne
la quittai pas une seconde. Je dormais au sol
à côté de son lit et me redressais d'un bond
à chacune de ses plaintes. J'écartais obstinément ses femmes ; je ne tolérais pas que
quelqu'un d'autre que moi la lave, l'enduise
d'onguents, lui humecte les lèvres. Je ne la
lâchais pas des yeux. Voir son front emperlé
de sueur, son corps moite, ses cheveux mouil-
lés autour de son visage comme dans nos plus
furieux embrassements me rendait fou. Qui
la possédait ainsi devant mes yeux sans que
je pusse même la défendre ? Dans la nuit où
les symptômes morbides furent à leur apogée,
je ne lâchai pas la garde de mon poignard
pendu à ma ceinture, prêt à la suivre sur
l'instant si la mort me l'arrachait.

Et moi qui n'avais jamais prié, ni qué-
mandé, même en Styrie sous la dague des
Turcs, je criai à Dieu, à la Vierge et aux anges
de ne pas laisser Albe mourir.

Je fus entendu. Après l'acmé, la vie revint

en elle, plus lumineuse encore. Jamais sa beauté n'avait été plus émouvante que dans ce fouillis de linge et de dentelles. Je la buvais des yeux. Et quand je décidais de m'éloigner pour la laisser reposer, à peine avais-je franchi le seuil que le désir de la voir, de la revoir, ne fût-ce qu'un instant, un seul instant, m'assaillait. Je retournais sur mes pas, m'agenouillais près de son lit pour caresser sa joue. A la seconde tentative de m'éloigner, le même désarroi s'emparait de moi. Je m'arrêtais, m'appuyais à la rampe pour me raisonner mais un grand découragement me prenait : il faudrait donc laisser passer une heure avant de la revoir ! Pourquoi pas un siècle ? Si j'étais au moins parvenu à recomposer son visage sous mes paupières descendues ! Mais quand je le tentais, seule une tache de lumière m'aveuglait comme lorsqu'on fixe une lumière trop vive. Je remontais les marches quatre à quatre et demeurais dans le chambranle de la porte à la regarder dormir. Et

31

quand, pour finir, je m'éloignais, c'était la mort dans l'âme.

Vous, mon cher et vénéré ami, que la beauté d'Albe, lorsque vous la vîtes pour la première fois, a tant frappé, vous êtes-vous autant que moi penché sur le mystère de la beauté en soi ? De tous les phénomènes que produit la nature, la beauté n'est-il pas le plus violent et le plus déchirant ? Insaisissable, réel et irréel à la fois, un jeu de reflets irisés sur l'eau. Je ne pense pas que la beauté puisse appartenir à quelqu'un, ni être son apanage. Personne n'est beau, en vérité. Aucune femme n'est belle. Mais il arrive que la beauté fasse irruption en l'une d'elles de manière irrépressible, et la voilà débordée, envahie, inondée. Ce phénomène s'observe aussi dans la nature.

J'ai pu voir au cours de mes chevauchées un pan de paysage soudain exalté par le soleil couchant, ou alors un seul arbre, une seule branche, une seule feuille. Et cette infime partie du tableau se trouve détachée de ce qui l'entoure et comme soulevée hors du reste et radiante. J'ai une fois bondi de mon cheval pour courir voir de près ce qui m'apparaissait la coupe du sang du Christ ! En pleine prairie, une incandescence écarlate ! C'était un simple coquelicot que transfigurait le soleil couchant.

Mais cette lumière qui éclaire certains êtres et qu'on appelle leur beauté, d'où vient-elle ? C'est là l'énigme. Toute l'eschatologie y est contenue.

Une sœur d'Albe, de deux ans son aînée, avait des traits fort semblables aux siens, la même taille élancée et la chevelure généreuse, mais me croiriez-vous ? elle n'était pas belle. Je veux dire que le cœur ne défaillait pas à sa vue. La lumière n'était pas sur elle. Ni la grâce.

Peut-être les saints sont-ils capables de voir sur toute chose et sur tout être cette lumière originelle ? Pour moi, c'est un corps de femme qui l'avait captée tout entière.

J'étais le saint d'un seul corps.

L'ardent désir qu'Albe continuait de réveiller en moi prit un essor inquiétant et me mit peu à peu face à une absence – me drainant vers une quête impossible, une agonie suave et amère. A peine avais-je cru la posséder que je l'avais à nouveau perdue et que la soif d'elle me tordait les boyaux. Mon impuissance à trouver quelque apaisement – et cela malgré sa qualité de don, sa sensualité naturelle et l'attachement profond qu'elle me manifestait – commençait de m'inoculer quelque poison.

Savez-vous que j'ai créé moi-même mon malheur ? Mais qui sait vraiment ce qui nous mène – et si ce que nous appelons malheur en est un ?

Dans les mois d'été qui suivirent les fièvres d'Albe, des transactions m'appelèrent plusieurs fois à Augsburg. Je savais pourtant la joie qu'elle avait des voyages et combien l'enchantaient les longues routes défoncées et boueuses avec leur flot de chariots bâchés, de mulets, de chevaux, de marchands, de mendiants, de jongleurs, de rabatteurs d'impôts.

Néanmoins je me refusais à l'emmener. Je goûtais bizarrement la souffrance qu'il y avait à la tenir éloignée de moi. D'une part lui concéder une existence propre au-delà de nos enlacements m'était un martyre, d'autre part j'étais prêt à la repousser ! Parfois lorsqu'elle m'apercevait de loin et, avec une grâce meurtrière, soulevait d'une main ses jupes pour courir vers moi, je la recevais avec fraîcheur. Oserais-je dire jusqu'où me poussait ma folie ? J'étais comme jaloux de moi-même – de cet homme maussade dans les bras duquel elle se jetait si innocemment.

Le bon sens me quittait. Et comme de plus, l'idée qu'elle pût s'ennuyer m'était intolérable, je lui donnai un compagnon de jeu, un de mes jeunes écuyers de seize ans dont elle se gaussait parce qu'il était loin de posséder son adresse aux jeux de balle et à l'arc. Il était bon preneur et sans malice. Leurs enfantillages m'amusaient et je la voyais ainsi satisfaire le goût qu'elle avait de pareils divertissements. De plus, j'avais depuis quelque temps déjà développé la manie de l'observer sans qu'elle me vît. Une sorte d'absurde stratégie née de la crainte qu'elle pût prendre conscience que rien au monde ne m'intéressait à part elle et qu'elle en perdît la vénération qu'elle me portait. Aussi, je feignais de plus en plus d'être occupé ailleurs. En disposant mon écritoire de biais devant la fenêtre géminée, je dominais la rampe de gradins de pierre qui menait aux premières fortifications et toute l'esplanade et l'entrée des écuries.

Ainsi la voyais-je aiguiser sa flèche, bander son arc, fulminer ou jubiler selon qu'elle avait ou non mis dans le mille – et le page – puisque c'est de ce nom qu'elle l'appelait

– courait, s'empressait, se faisait louer ou agonir d'injures, c'était selon. Les gestes d'Albe se gravaient sous mes paupières avec une précision étonnante. J'avais connu ce phénomène déjà lorsque, enfant, je contemplais un long temps les planches géométriques des corps de Platon et que je m'exerçais à les refaire surgir sous mes paupières closes. Et ces formes-là que dessinaient les gestes d'Albe comme je l'avais expérimenté avec les corps de Platon pulsaient et tournaient sur elles-mêmes et se superposaient à l'infini jusqu'à me procurer une sorte de nausée. Elles créaient dans ma tête une obsession telle qu'en parlant à l'intendant ou à mes métayers, je continuais de les voir tourner.

J'allais jusqu'à me demander s'il n'y avait pas en Albe une provocation inconsciente ou innocente à habiter si entièrement son corps. Savait-elle qu'elle mettait sa vie en danger par la manière dont elle se baissait pour se saisir d'une balle, dont elle bondissait en selle sans paraître effleurer les mains aux doigts entrelacés que le page lui présentait en guise de marchepied – ou encore par le geste dont elle écartait de son front une mèche échappée ?

L'entière création s'est propagée, dit-on, à partir d'un point, d'un ombilic, pour se répandre et se diversifier en une multitude infinie de manifestations.

Pour l'amant forcené que j'étais devenu, le mouvement s'était inversé et la pluralité des mondes se trouvait bue et aspirée en un seul point : le giron d'une femme.

A décrire cela, je revis la spirale dans laquelle j'étais pris alors sans répit et sans rémission et qui allait m'entraîner dans la chute. Une scène de mon enfance est là soudain.

Je me suis endormi sous un arbre. A mon réveil, j'assiste au ballet le plus exquis qui se puisse rêver : deux écureuils jouent ensemble au jeu de l'amour. Le mâle poursuit la femelle

qui s'esquive entre les branches avec des grâ-
ces et des minauderies. C'est si touchant, si
malicieux, si sensuel que je commence de
trembler. Les racines de mes dents deviennent
sensibles, douloureuses même. C'est un
symptôme que j'ai retrouvé auprès d'Albe et
qui me signale que la splendeur a atteint une
zone pour moi impossible à supporter. Mon
lance-pierre est entre mes mains avant même
que je me souvienne de l'avoir sorti de ma
poche, et la pierre, partie. Le mâle se propulse
en vrille dans les airs avec un cri aigu et la
femelle baigne dans son sang au pied d'une
souche. Je crois que si nous sommes sur terre,
c'est parce que la magnificence du jardin
d'Eden ne nous était pas supportable. Com-
prenez-moi : c'est l'énergie de la vénération
lorsqu'elle est devenue trop aiguë qui brûle
les nerfs de l'homme. Ce n'est ni le dépit ni
la malveillance – oh non ! –, c'est la vénération chauffée à blanc qui fait le meurtrier.

Seul ce qui brûle

La sinistre après-midi où je les découvris tous deux ! C'était le bruit de leurs rires qui m'avait guidé vers la chambre. Je croyais les découvrir à quelque jeu de trictrac comme de coutume. Je les vis dans un corps-à-corps noyé d'étoffes sur le lit. Peut-être s'y roulaient-ils comme des chats dans une corbeille ? J'en arrive à douter de ce que je vis alors. Je ne suis plus aussi sûr aujourd'hui que ce que je voyais et ce qui avait lieu fussent la même chose. Sommes-nous seulement en mesure de voir autre chose que ce que nos esprits hallucinent ? Le regard que me lança Albe était sans duplicité : je le retrouve derrière les lourdes tentures de ma mémoire. C'est un regard surpris mais clair qui dit : « Eh bien quoi ? Nous jouons ! » Il s'emplit vite de terreur à voir monter en moi la folie meurtrière. Ma dague est jusqu'à la garde dans la poitrine du page avant qu'un seul cri soit lâché. Suit ce grand silence de fin du monde que ne connaissent que les chasseurs d'ours et de loup.

Sur l'instant, le monde est renversé.

Il est désormais pendu par les pieds. Ce qui était en haut est en bas. Le ciel est devenu l'enfer. Ma passion d'amour est une rage haineuse. Le cœur m'est arraché de la poitrine. Reste à sa place un trou glacial.

Ne me laissez pas évoquer en détail les stations de l'atroce descente qui s'ensuivit. Je ne ferai avec votre permission que l'esquisser.

Je fis séquestrer Albe dans la chambre où je les avais surpris. Toutes les fenêtres furent drapées comme dans une chambre mortuaire – et les tombées d'étoffes clouées au bois. Seul un rai de lumière filtrait d'un petit judas haut placé et grillagé et signalait le jour et la nuit.

Mon barbier vint la tondre tous les trois jours comme il convient pour marquer de honte une créature impudique.

Non content d'exposer de mes propres mains le corps du page sur le monticule dans la forêt où j'offrais depuis des années aux

vautours et aux loups, pour l'apprêt des tro-
phées, les plus belles têtes de chasse, j'attendis
que son crâne se trouvât nettoyé de sa chair
et bien poli pour le faire sertir d'argent, en
boucher de ce métal précieux les cavités ocu-
laires et le faire monter en coupe afin qu'Albe
en s'y désaltérant fût rappelée chaque jour de
sa vie à sa trahison.

De plus, je fis aligner sur le dressoir de sa
chambre qu'ornaient autrefois des fioles de
parfums précieux et d'huiles odorantes quelques os, les grands fémurs et les tibias.

De quels marécages putrides montait en
moi ce protocole sinistre, je ne saurais le dire.
Je sais seulement que tout fut instantanément
là, sans que j'eusse à y réfléchir un instant.

Marthe et Lisa, deux braves servantes, et
Otto, un valet de ferme muet et difforme et
qui au seul regard devinait mes désirs, furent
chargés de son service. Il fut veillé à ce qu'elle
ne manquât de rien.

Pendant la saison froide, la grande cheminée était généreusement alimentée. Elle disposait d'une réserve suffisante de chandelles pour ses travaux d'aiguille, d'écriture, de dessin ou de lecture.

Et aucune vexation ne s'ajoutait à la visite du vieux barbier – sinon qu'il lui fallait chaque soir à la même heure comparaître devant mes yeux au bout de la table, partager en silence mon repas et boire dans ladite coupe comme vous en avez été le témoin.

Si je lui laissai la vie sauve, vous auriez tort d'en conclure que j'eus d'elle quelque pitié. Dans mon esprit, ce châtiment était infiniment plus cruel que la mort et c'est ainsi que je le voulais. Je vous ai dit que je ne sentais plus mon cœur. Je vivais comme un mort. Peut-être étais-je bel et bien mort.

En ces trois années qui suivirent, je n'eus jamais conscience du changement des saisons. Je ne vis arriver ni partir le printemps, ni l'été, ni l'automne. Je vivais dans ce temps

neutre de la haine où le soleil ne se lève ni
ne se couche. Puisse l'accès au pire de tous
les enfers, celui que l'homme s'est créé à lui-
même, vous rester à jamais inconnu ! Où
j'allais, je semais la peur. Les bêtes s'écartaient
de moi. Mes gens tremblaient de me voir.
Mes chevaux subissaient ma cravache et mes
éperons et les jeunes servantes ma brutalité
d'homme et de maître.

Pourtant de temps à autre – impossible de
le nier – une éclaircie se produisait. Je
connaissais de très brefs états où les frissons
me parcouraient et où je rejoignais Albe. Non
pas celle qui méritait mon châtiment mais
l'autre, celle que j'avais aimée et qui se trouvait enfermée avec la première. Comment
survivait-elle à pareil abîme de solitude ?
Quelle stratégie de survie avait-elle mise au
point ? Quels rêves la hantaient ? Quelles fol-
les espérances ? Quels lancinants désespoirs ?
J'avais au moins conservé dans mon bahut sa

toison de cheveux sublime et odorante dans laquelle il m'arrivait de me rouler en criant ! Elle n'avait, alignés sur une étagère, que les os d'un étranger... Avais-je vraiment pensé : étranger ? Parfois je supputais des fissures dans le mur de ma haine. Et le temps de m'en effrayer – comme d'une trahison envers moi-même –, elles étaient à nouveau colmatées. Je me retrouvais comme devant une porte infranchissable ; pire : une entrée désormais secrète, indécelable dans une paroi de pierre. J'étais en somme le prisonnier de ma propre machination. Le système lui-même se révélait si parfait, si hermétiquement clos que toute effraction devenait impossible.

Quand la tapisserie se soulevait le soir et qu'elle entrait pour venir s'asseoir à l'autre extrémité de la table, elle semblait ne pas déplacer d'air. La maîtrise de ses mouvements était surprenante. Son corps était aérien et le parquet silencieux sous ses pas. Elle était comme une épée droite dans le fourreau noir de sa robe. A aucun moment elle ne parut ployer.

Pourtant cette notation est trompeuse car il n'y avait pas de défi dans son attitude ni l'ombre d'une arrogance. Sa modestie était confondante et sa dignité sans la moindre ostentation. Ne l'avez-vous pas admirée vous-même ? Et ce geste que j'attendais soir après soir, lorsqu'elle soulevait à deux mains, pour y boire, le crâne ! Jamais ne s'accélérait l'imperceptible et lent mouvement de respiration dans sa poitrine et cette scène y gagnait pour finir, dans sa pureté héraldique, un caractère liturgique.

Comme seules quelques chandelles étaient disposées selon mes souhaits, elle ne pouvait jamais voir dans la semi-pénombre où je me tenais si je la regardais ou non.

C'est sa noblesse doublée de ma fascination féroce qui nous enlisa. Aucun change-ment n'était possible. Notre entièreté à tous deux nous eût été à jamais fatale. Trois années s'étaient écoulées sans le moindre vacillement, sans une seule dérogation à cette loi de fer.

Quelle force inconnue vous guida jusqu'à nous en cette fin d'avril ?

Le dégel tardif était commencé. Un jour blafard et maussade s'en allait sans que personne eût songé à le retenir. Le soir tombait. Les charrois avaient de la peine à tourner dans la grande cour encombrée d'énormes tas de neige dressés là à la pelle et qui pourrissaient doucement. Votre voiture s'y était imprudemment engagée. J'avais donné l'ordre à mes gens d'interdire à quiconque l'accès du château depuis qu'un cousin de ma femme, alerté de son sort, s'était mêlé de vouloir la délivrer. Aussi vous eût-on renvoyé sans égard si le sort n'en avait décidé autrement.

Ce furent les roues arrière du carrosse embourbées dans une de ces masses boueuses et le tumulte qui s'ensuivit pour l'en dégager qui, de la salle de garde où je passais, alertèrent mon attention.

Subodorant un hôte de marque, avant même de distinguer sur vos portières les armes de France, je me précipitai à votre rencontre.

Ce bonheur inespéré que j'eus de vous voir assis à ma table et de m'évader grâce à vous de si exquise manière – pour un soir du moins – de ma prison !

Vous me récitiez sur la prière instante que je vous en fis quelques vers dans votre belle langue – de Charles d'Orléans, le duc exilé, et d'un certain François Villon, un pauvre gueux prince en poésie. Vous me racontiez avec verve la sévère rebuffade que votre roi avait fait subir à Maximilien d'Autriche en préférant à l'alliance d'avec sa fille celle d'Anne de Bretagne. J'appris aussi de votre bouche que les guerres d'Italie avaient eu un effet inattendu – malgré les cuisants déboires qu'elles causaient à Charles VIII : celui de révéler aux seigneurs français une douceur de vivre, un luxe et un art dont ils ignoraient tout jusqu'alors et que votre éloquence répandait jusqu'en Bavière ! Chaque mot, comme vous le voyez, m'est resté gravé.

Comme vous faisiez honneur à ma table et à mon vin et comme je bénissais chaque seconde de votre présence ! Au point que, lorsque la tenture s'écarta et qu'Albe entra dans la salle, j'en fus contrarié. Que n'avais-je songé à la faire retenir dans sa chambre ce soir-là !

C'est le saisissement que je lus dans vos yeux à son apparition qui me causa à mon tour un trouble profond. Votre physionomie s'était figée, votre mâchoire restait entrouverte. Je lisais à la fois une émotion vive devant la beauté de cette femme et une surprise horrifiée au fur et à mesure que se déroulait la scène. Après si longtemps, je m'autorisai à mon tour à considérer avec vous cette scène comme si d'autres yeux s'étaient brusquement placés devant les miens. Aussi me trouvai-je comme projeté hors de mon ornière. Et je vis !

Le geste dont elle souleva la coupe pour boire, le reflet des chandelles sur son crâne nu et parfait, la révérence qu'elle nous fit à l'instant de s'éloigner en osant à peine nous effleurer d'un regard empreint de bonté et de divine modestie. J'étais bouleversé. Je sentais les plaques de fer vissées à mon cœur se disloquer et un soupir profond me rendit une respiration dont j'avais perdu jusqu'à la mémoire.

L'amitié que vous me fîtes ensuite de me questionner puis de m'écouter paracheva en moi l'ouverture. Tout ce qui était transi, glacé, commença lentement de se fluidifier et ma parole put couler vers vous. Dans ma tentative de vous expliquer combien cette femme — ma femme — méritait le châtiment que je lui faisais subir, je sentais vaciller l'édifice de ma propre conviction, peu à peu j'en voyais se lézarder les murs.

Vous étiez silencieux et amène. C'est la bienveillance de votre regard qui créa ce prodige ; j'y lisais : Je vois combien vous l'avez aimée ! Je vois votre souffrance et la sienne. Le temps n'est-il pas venu de la réparation ?

Il n'y avait pas une once de jugement en vous pour l'insensé que j'étais. Tout au contraire, vous me laissiez savoir de bien mystérieuse façon que j'étais absous et invité à revivre.

Alors je fis – et jusqu'à ce jour j'ose à peine le croire – ce que je n'avais encore jamais ni fait ni connu : je pleurai.

Pas ces cris de rage, pas ces convulsions sèches que je ne connaissais que trop bien, non ! Des larmes, de vraies larmes.

Jamais je n'eusse cru que pareille source pût jaillir dans le désert de moi-même ! Les larmes ! Les larmes ! Elles que j'avais depuis ma petite enfance plus redoutées que la mort coulaient devant un hôte qui, quelques heures plus tôt, m'était encore inconnu !

Après vous avoir raccompagné jusqu'à la porte de votre chambre et m'être incliné avec toute la déférence émue que je ressentais pour vous, je regagnai mon lit, fourbu, broyé de ce que je venais de vivre.

Je dormis comme un rocher.

Le lendemain matin, vous eûtes le désir, si toutefois, me disiez-vous, j'étais en mesure d'en accepter l'idée et de vous accompagner, de faire vos adieux à Albe avant de quitter Ehrenburg.

J'eus d'abord une courte panique dont je ne laissai rien paraître puis, après l'avoir fait avertir de notre venue, je vous accompagnai jusqu'à sa chambre.

Elle était assise sur une escabelle près du feu et se leva prestement.

Les chandelles disposées sur le bahut éclairaient sa gorge et son visage.

Vous vous êtes adressé à elle avec tous les égards dus aux femmes de haut rang.

– J'ai voulu, lui dîtes-vous, avant de quitter cette demeure vous présenter mes hommages car je vous tiens pour la plus malheureuse des femmes.

Etre soudain le sujet de votre compassion la fit vaciller.

Je crus qu'elle allait défaillir.

Quelques larmes coulèrent sur sa joue et elle dissimula un court moment son visage dans ses mains. Puis elle se reprit et parla.

Et j'entendis sa voix.

Après ce silence de mort qui durait depuis des siècles !

Cette voix au vibrato profond qui allait au cœur et au ventre, qui envoûtait... comment avais-je pu l'oublier ?

– Monseigneur, disait-elle, l'intérêt que vous me portez me touche et m'honore au-delà de ce que vous pouvez imaginer. Mais ne croyez pas, je vous prie, que je souffre de la captivité dans laquelle vous me voyez tenue. Ma souffrance est autre. Elle est tout entière dans la peine que j'ai pu causer à mon maître... que je ne suis plus autorisée d'appeler mon époux...

Elle pressa à ces derniers mots son mouchoir sur sa bouche pour retenir un sanglot qu'on entendait rouler dans sa poitrine.

Sa voix et son être nous tenaient captivés.

Vous vous êtes incliné devant elle – et la porte s'est refermée en geignant dans ses gonds.

Mon cœur battait à se rompre. Avoir approché de si près cette détresse d'amour qui avait jailli d'elle me coupait les jambes.

Au moment du départ, c'est avec la bonté d'un frère que vous m'avez pris le bras et je vous entends encore me dire à l'oreille :

– Les temps sont mûrs pour vous de partager à nouveau votre table et votre lit avec cette étonnante femme. Elle le mérite. Son repentir est entier. Vous êtes jeune, vous n'avez pas d'enfants. A qui irait ce riche domaine où j'ai eu l'honneur d'être accueilli ?

Cette dernière remarque qui me ramenait sur terre me fit sourire. Comme j'étais parti loin de ces considérations-là et depuis si long-temps !

Je tins longuement vos mains dans les miennes en guise de réponse.

Quand votre voiture s'ébranla dans le cris-sement des essieux et le piétinement des che-vaux (laissez-moi vous dire en passant, ami si cher, que vos quatre alezans dorés de la plus noble espèce et les deux jeunes bais aux cri-nières noires réveillent encore ma convoitise si j'y songe !), je l'accompagnai à pied hors les murs, bravant toute étiquette ; lorsque les chevaux se furent mis en haleine, je vous sui-vis des yeux aussi longtemps que je le pus en vous bénissant.

Je m'apprêtais à rentrer. C'est alors qu'une lame puissante et brûlante m'envahit tout entier sans crier gare !

Albe !

Son nom déferlait en moi, chanté par mille voix. Un chœur vibrant modulait cette syllabe de nacre dans toutes les tonalités, de la plus haute à la plus grave. Au point que je me crus dans une cathédrale et regardai, ahuri, le remblai qui bordait la route et la ligne des peupliers au loin. Et de toutes les parcelles de mon corps monta, en une éruption irrépressible, la certitude que je l'aimais encore.

Alors commença pour moi un état inconnu, d'un inconfort que je ne puis décrire.

J'étais soudain sans aucune protection, dans une nudité qui m'effrayait et qu'aucun manteau, qu'aucun pourpoint ne couvrait plus.

Un rien me faisait battre le cœur. Dix fois par jour je sentais le sel des larmes brûler mes yeux et je prenais la fuite.

Je laissai s'écouler des jours et des semaines. Que dis-je ? Des mois !

Je sentais trop bien que passer trop brusquement de la captivité à la lumière, de la mort à la vie me briserait les os. Voir soudain le malheur et le bonheur se dresser l'un devant l'autre sans transition m'apparut menaçant.

Entre la servitude en Egypte et la Terre promise, Dieu ne donna-t-il pas au peuple d'Israël la longue traversée du désert ?

La seule initiative que je me permis et dont je m'étonnai moi-même fut de remercier le barbier de ses bons services et de lui interdire désormais l'accès de la chambre d'Albe. Je donnai l'ordre aussi de suspendre le macabre cérémonial du soir.

J'allais souvent sur une colline voisine m'asseoir sur un tumulus de pierres d'où je

pouvais voir plus de ciel que de partout ailleurs et j'observais sans me lasser les nuées
d'oiseaux. Les voir se former, se défaire, se
regrouper devant mes yeux m'aidait à guérir.
Ces jeux inlassables de proximité et d'éloi-
gnement, de resserrement et de déploiement
se répétaient sans fin, toujours semblables
certes mais jamais, au grand jamais, pareils !

Le sublime jeu des mondes, et la création
à l'œuvre – en quête infatigable d'autres
formes encore et de toutes les combinaisons
possibles –, tout cela se déroulait devant moi.
Ou était-ce en moi ? Ou n'étais-je pas déjà
part vivante de ce ballet ? Et même si chaque
oiseau semblait s'enivrer d'avoir part au jeu,
avait-il en vérité une autre existence que celle
de la voilure déployée, de la nuée tout
entière ? Mon pouce eût-il existé un instant
par lui-même s'il s'était trouvé détaché de
mon corps ? Et si chaque oiseau n'était pas
l'entière nuée, comment la volée eût-elle tenu
ensemble alors que rien ne la contenait et

qu'elle n'avait aucun modèle ni avant ni après ?

En chaque parcelle était le Tout et je le vivais jusqu'au vertige.

L'été m'aurait brûlé la peau. J'attendais de l'automne qu'il calmât mon sang.

Tout dans la nature suintait d'esprit et d'intelligence, tout autour de moi me paraissait infiniment plus réel qu'une levée d'armes ou que les affrontements de pouvoir entre les évêchés de Bamberg et de Würzburg !

Je retrouvais ma respiration.

Il m'arrivait aussi de m'enfoncer dans les forêts jusqu'à m'y perdre.

Quand les fourrés devenaient trop inextricables, j'attachais mon cheval pour poursuivre à pied, me déchirant parfois aux ronces les mains et le visage.

Je venais guetter dans les éclaircies l'heure où les jeunes cerfs les plus intrépides osent affronter le maître de place. Au premier brame de défi, à le voir s'avancer, c'est la pilosité de mes avant-bras qui répondait. Et plus montait la fureur de bramements de part et d'autre, plus giclaient les mottes de terre labourées sous les sabots et les bois, plus je perdais conscience de moi-même pour devenir ce qu'ils étaient. Dans leur commune rage de vaincre, les claquements des bois, le fracas des poussées, la vocifération démente et grandissante, je retrouvais ma folie de mâle rachetée et comme innocentée. A voir se dérouler ce protocole sauvage, dérisoire et sublime, inchangé depuis la nuit des temps, je comprenais que ce ne sont pas les êtres qui sont vivants, que seul est vivant le feu qui les traverse et les consume. Seul ce souffle immense, cet *impetus* primordial qui à *chaque* instant crée le monde vivant !

Comme tout devenait simple !

Quand brusquement la danse furieuse s'arrêtait et qu'un des cerfs – souvent le provocateur – se dégageait pour disparaître illico, et que le vainqueur faisait mine de le pour-

suivre – oh, juste quelques pas –, puis s'arrêtait et bramait longuement son contentement, je savais la paix revenue dans tous les
corps.

Un groupe de jeunes érables me cachait le
vainqueur rejoignant, sans aucune hâte, la
harde des biches.

Je respirais la déchirante splendeur des
mondes.

Je ne songeais pas vraiment à Albe. Ce sont
mes pieds qui, en foulant le sol, la reconnais-
saient dans la consistance de la glaise – et ce
sont mes narines qui la flairaient dans l'odeur
fraîche et musquée qui montait de la terre.

J'avais peine à me reconnaître.

J'étais étrangement perdu et, dans cette
rivière de perceptions, de sensations nouvelles, incapable de trouver le gué pour rejoindre
Albe.

Puis un jour, en ce début d'automne,
ce fut un aboiement puissant de chien qui

me réveilla dans la traversée d'un village. Balourd ! Il fallait à tout prix retrouver Balourd et le lui faire amener.

Alors elle comprendrait qu'à mon tour, j'allais revenir vers elle.

Je fonçai comme un fou, bride abattue vers Ehrenburg pour tout mettre en œuvre afin d'apprendre s'il vivait encore !

Autrefois, quand je ramenai Albe comme mon épouse à Ehrenburg, la seule escorte que je lui accordai fut son chien. Elle l'aimait comme son double hideux. Et je n'eus pas le courage de les séparer tant sa grâce de jeune nymphe appelait en contrepartie cette masse énorme et difforme ! Du moins c'est ainsi que m'apparaissait ce gardien d'enfer auquel je ne parvins pas à m'habituer. Une sombre rivalité était entre nous, aussi absurde que cela fût. Que de fois ai-je surpris Albe endormie sur ce corps monstrueux comme sur une souche et dans un abandon total ? Et quand elle sou-levait cette oreille lourde et molle comme une galette de sarrasin mal cuite et qu'elle y portait ses lèvres pour lui parler bas, tout bas, je n'étais pas sans un pincement de cœur.

Il avait subi le même sort que sa maîtresse et vivait sans doute enchaîné depuis des années chez quelque paysan qui l'avait pris en charge.

Je découvris la trace de ces gens et y envoyai en toute hâte mon meilleur écuyer.

Il trouva Balourd en vie et apprit de ces bonnes gens, qui en avaient pris le plus grand soin pour l'amour de leur maîtresse, que, depuis la veille – soit depuis le moment où cette pensée m'était venue –, il n'avait cessé de tirer sur sa chaîne et de s'arc-bouter en gémissant comme ils ne l'avaient jamais vu faire jusqu'alors. Mon message lui était parvenu sans détour comme j'en ai fait si souvent l'expérience avec les bêtes.

On l'amena ce même matin sur mon ordre à sa maîtresse.

Et j'attendis.

63

J'attendis à demi fou d'impatience qu'on vînt enfin me raconter ce qui s'était passé. Lorsqu'elle apparut enfin, la pauvre Marthe fut mise à la question ! Je lui fis répéter cinq fois pour le moins le récit de ces retrouvailles, avide de lui extorquer à chaque fois un détail de plus, un autre encore !

Albe et Balourd s'étaient tenus enlacés, mêlant leurs pleurs de joie et leurs gémissements. Elle m'assura que le chien avait versé des larmes.

Comme j'avais vu mon Baucent pleurer quand je l'eus retrouvé après une sanglante échauffourée – comme le Danois, célèbre cheval blanc d'Ogier de Danemark, pleura en revoyant son maître après sept ans, et comme les chevaux d'Achille pleurent dans l'*Iliade*, je n'en fus guère étonné.

Et puis, amoureusement grondé par sa maîtresse, il en était encore sans doute à lui lécher les pieds avec ferveur.

— J'ai tout dit, maintenant, Monseigneur, laissez-moi aller...

— Non, Marthe, dis-moi encore les mots qu'elle lui disait à l'oreille en l'enlaçant !

— Ce sont des mots qu'on ne répète pas, Monseigneur — comme on ne répète pas les mots que se disent à l'oreille les...

Elle se reprit en rougissant.

— Ah, laissez-moi partir, Monseigneur, j'ai tout dit, tout dit...

Désormais le fruit était mûr et aucune force au monde ne le rendrait vert à nouveau.

Je fis apporter à mon épouse ses plus beaux vêtements pour qu'elle pût se préparer à ma visite. Et j'ordonnai d'arracher les draperies qui obscurcissaient les fenêtres. Je manquai la rendre aveugle, insensé que j'étais !

Les mots avec lesquels elle m'accueillit me bouleversèrent :

— Seigneur, je viens de voir le monde pour la première fois. C'est un boîtier rempli de joyaux et de bijoux scintillants et c'est vous qui me l'offrez ! Je ne me souvenais pas que cela fût si beau !

Elle glissa en larmes à mes pieds.

Mon émotion était si violente que mes genoux cédèrent à leur tour et que nous fûmes longtemps enlacés, agenouillés l'un devant l'autre sous un invisible dais de noces.

Je mis deux jours entiers et deux nuits avant d'oser la toucher. Le troisième soir, c'est elle qui me prit par la main et me guida.

Vous aurez compris, cher et noble ami, que je ne suis plus l'homme que vous avez connu. Tout, vraiment, tout se transforme.

La jeune et sublime amante qui manqua me faire perdre la raison s'est mystérieusement transmuée en cette femme de vérité vers laquelle je lève les yeux.

Je vais jusqu'à me demander si la première n'a pas succombé à ma folie meurtrière. Mais la réalité est plus subtile. N'est-elle pas encore là, à l'intérieur de celle qu'elle est devenue, comme son noyau, ou comme fondue à la pulpe de son fruit ? Sa transformation n'est-elle pas en harmonie avec les lois de la nature ? La fleur ne finit-elle pas par languir de devenir fruit et le fruit mûr de fondre sur une langue ? Je ne puis vous décrire la transformation que sa transformation opère en moi.

Nous croyons encore tenir les rênes de nos vies quand, depuis longtemps, c'est la nature et elle seule qui nous mène.

Les mois ont passé.

Albe est devenue ma femme, cette part plus sensible de moi-même.

Comme la peau plus fine que nous avons du côté des bras tourné vers le corps ou à l'intérieur de la paume des mains ou à l'intérieur des cuisses, oui, de manière aussi naturelle, elle est devenue moi-même. C'est dire que je n'ai même plus besoin d'exercer quelque contrôle sur ses allées et venues, sur ses activités, sur ses pensées. Pas plus que je n'ai, dans mon propre corps, à veiller à la circulation des humeurs et du sang, ni à me préoccuper de ce que mes ongles poussent. Elle est devenue ma chair et moi la sienne. J'ai perdu jusqu'à la violente manière que j'avais autrefois de m'emparer d'elle et de l'emplir de moi. Je préfère aujourd'hui me laisser prendre à son balancement et à sa houle – la houle d'un corps de femme heureux. Car le ventre des femmes est étrangement semblable à la mer. Et c'est elle maintenant qui me porte et berce ma dérive.

Je ne suis plus l'homme que vous avez connu, mais je ne suis pas non plus tout à fait un autre. Vous étonnerai-je en vous disant qu'il y a même des jours où il ne me semble plus y avoir personne au lieu où je me tiens ? Une absence heureuse, c'est tout.

Bien sûr, je continue de jouer au seigneur

de ce lieu mais juste assez pour vous y accueillir à nouveau un jour et juste assez pour en avoir plaisir. L'étrange est qu'il n'y a soudain pour moi plus rien à défendre, ni à pourfendre, ni à usurper, ni à conquérir. Toutes ces activités principales de notre époque et de notre état ne me parlent plus.

Les jours ont leur pulpe.

Et je la goûte simplement.

Et pour la première fois de ma vie, je suis libre.

C'est à la fois très inquiétant et très délicieux.

Je vous salue humblement, noble et précieux ami, et demeurerai, aussi longtemps que Dieu me prêtera vie,

Votre Sigismund, comte d'Ehrenburg.

Cahier
d'Albe d'Ehrenburg

Quelle histoire que la mienne ! A me l'entendre racontée, elle m'eût paru impossible à porter, et pourtant je lui survis jour après jour.

Car contrairement aux récits qui, eux, sont monolithiques et insoulevables, la vie est lente et composée d'une multitude innombrable d'instants dont chacun, pris seul, et aussi douloureux soit-il, se laisse traverser vivant.

Jour après jour.

Heure après heure.

Une autre que moi serait peut-être devenue folle. Cette issue ne s'ouvrit pas. La raison en est – je peux le dire après trois ans déjà – que la haine n'eut pas de pouvoir sur moi. Je n'y succombai pas. Mon être vibrait encore de tout l'amour que j'avais reçu, et la haine ne me pénétra pas. Oui je crois que le secret est là.

Voilà trois ans déjà que le quadrige des saisons est passé !
Trois ans déjà !
Et je vis !

Les premiers temps, je restai à claquer des dents et des genoux. C'est le bruit de ce claquement qui m'arrachait chaque nuit au sommeil. Mes cheveux coupés me hantaient. Mon premier mouvement au réveil était de me rouler en boule, les genoux sous le menton, et de couvrir de mes deux mains mon crâne nu.

Dans la solitude abyssale qui devenait mienne, je me trouvai d'abord rendue au néant, au gouffre d'avant la création.

74

Une bouche m'avait recrachée.

J'avais beau souhaiter de toutes mes forces ne pas me réveiller, il fallut bien me rendre à l'évidence : la vie restait plus forte. Mon désir de mort ne parvenait pas à me contenir tout entière ; un pan de moi en dépassait toujours.

En me débattant comme je le faisais, j'aggravais ma souffrance.

Chaque mouvement n'avait pour effet que d'enfoncer les clous plus profondément dans la chair.

Il fallut un miracle.

La phrase que me cria, une nuit, ma Rosa-linde tant aimée fut mon salut. Ce cri me réveilla en sursaut. Je me retrouvai debout dans mon lit à lancer fiévreusement mes bras autour de moi pour la saisir. Ce n'était pas un rêve. Elle était là. Elle était venue. Je la sentais toute proche mais l'obscurité me la dérobait. Elle m'échappa.

La phrase s'est gravée sur mon front comme sur un linteau :

– Celui qui fait sien son destin – aussi hostile et terrible soit-il – celui-là est libre.

Ce fut le début d'une incroyable transformation, qui s'est poursuivie jusqu'à ce jour où le goût m'est venu de prendre la plume.

Je cessai désormais de me désespérer de mon sort.

Il ne faut pas pour autant se représenter que tout chagrin me déserta. C'est ma véhémence destructrice qui se trouva brisée et l'agonie dans laquelle j'étais tombée qui fut suspendue.

Dans cette nuit mémorable, une issue m'était révélée. Une nouvelle façon de voir.

Il m'apparut que désormais je n'étais livrée qu'à moi-même et à personne d'autre ! Personne, en effet, ne venait me torturer. J'étais nourrie, chauffée, couchée dans du beau linge et d'épaisses couvertures de laine. J'avais fil et aiguille, laine à carder, des plumes, une cornette d'encre, du papier et quelques livres. C'était à moi-même que j'étais jour après jour livrée, oui, à ma propre compagnie, dans une semi-pénombre qu'il ne tenait qu'à moi d'assombrir encore ou d'éclairer par mes pensées. C'étaient là les faits. Du dehors je n'avais plus rien à craindre, seulement un changement à espérer. Le danger ne venait que de moi. Il ne tenait qu'à moi de décider si je continuais à remuer les boues, à distiller du poison dans mes veines ou si je me devenais à moi-même une compagne.

Le ciel me donna la force d'opter pour la seconde voie.

Comme ces choses se disent vite qui ont pourtant trempé et macéré sans fin dans un brouet d'espoir et de détresse ! La longue gestation de tout changement reste invisible à l'œil.

D'infernal qu'il était, le rythme de ma vie devint monacal.

Aux primes, Marthe m'apporte deux brocs de glace pour ma toilette.

Vers l'heure de tierce, Lisa me donne du pain et des poires cuites. Elle ne parle pas. Elle est aussi muette que le vieil Otto qui me sert entre sixte et none du gruau et quelques fruits. Un jour sur trois, je reçois la visite du barbier qui sautille toujours sur place comme si le sol lui brûlait les pieds, contrarié, semble-t-il, de ce qu'il a à accomplir.

Au soir, entre vêpres et complies, un domestique de mon seigneur frappe à la porte. Marthe m'accompagne alors dans le couloir jusqu'à l'entrée dérobée où une main soulève pour moi le pan d'une tapisserie. Je me glisse dans la salle jusqu'au bout de la table.

Me regarde-t-il, celui qui occupe mon cœur ? Impossible de le voir. Je me contente de l'accueillir en moi avec une prière silencieuse. J'ignore tout de ce qu'il ressent. Son âme est désormais pour moi comme ces enceintes sacrées et interdites d'accès devant lesquelles les pèlerins s'inclinent ou s'agenouillent.

Je garde les yeux baissés.

Il y a des attitudes aisées à adopter. Elles sont familières. On les trouve partout. Les femmes sont nombreuses dans ce pays à tenir les yeux baissés devant leur père, leurs frères, leur époux. Je glisse dans ce maintien comme dans un gant. Qu'on ne s'y méprenne pas, je n'entre pas pour autant en abaissement. Je garde conscience de mes yeux baissés, de mon menton doucement incliné vers le sternum, de l'élancement de ma colonne vertébrale. Je sens la fraîcheur de mon crâne à laquelle je me suis habituée et qui, me paraît-il, donne plus de clarté à mon esprit ; je sens mon corps saillir de la plante des pieds à la fontanelle et je suis très attentive à ma respiration lente, l'inspir, l'expir, l'inspir... Je m'accompagne. Jamais je ne me laisse seule. Et quand il me faut boire dans la coupe d'os quelques gorgées de vin coupées d'eau, je la vide.

Ma survie est dans cette vigilance de chaque instant.

Il m'arrive aussi, dans la journée, de m'asseoir un moment devant le dressoir où s'alignent les os du page. Si on les assemblait, c'est davantage un instrument de musique qui se formerait que le corps d'un homme. Etrangement ni sa mort ni la présence dans ma chambre de quelques-uns de ses os n'ont réussi à créer entre lui et moi plus d'intimité que nous n'en avions de son vivant. Jamais il n'a cherché ni trouvé l'accès de mes rêves. Je ne l'y ai jamais rencontré. Je continue à l'appeler *le page*. Son nom n'a pas de cohésion dans ma tête, Bal-tha-sar, et quand j'essaie d'en assembler les lettres, il se désagrège à nouveau comme un objet très compliqué dont les pièces se détachent et roulent sous les meubles. Son adhérence au monde était légère, je crois. Il n'était venu que pour un temps et quelques joutes !

Quand j'ai reçu la première fois son crâne entre les mains pour y boire, le ciel me vint en aide : c'est la balle de cuir bouilli, lisse au toucher et que nous nous lancions dans le verger dont j'ai cru recevoir entre les paumes la rondeur et le poids. Je dois à cette sensation première d'avoir échappé à cette cruelle répulsion dont on escomptait sans doute que je l'éprouverais.

Les choses n'adviennent que très rarement comme on les attend. A tout instant se joue l'étrange ballet des substitutions. Une image après l'autre glisse sous les paupières. Et quand nos obsessions perdent de leur virulence, la miséricorde se glisse jusqu'à nous.

Dès lors, de multiples sensations imprévisibles participèrent à l'allègement de mon sort.

Partout s'ouvraient des passées, des éclaircies.

Ainsi, je trouve à m'accommoder de cette immobilité à laquelle semblait me condamner ma chambre. La pièce est vaste et je la transforme en un déambulatoire de cloître que j'arpente longuement chaque jour au rythme martelé des trochées et des dactyles. Je marche sur les chants de l'*Énéide,* sur Ovide, plus rarement sur les hymnes et les louanges de Mechtild de Magdebourg.

A mes jambes qui rêvent de bondissements et de courses et qui ont toujours mené une existence propre, j'invente une échappée.

Certaines après-midi, assise toute droite sur ma sellette, je choisis une promenade de mon enfance. Du moulin de Bergheim jusqu'à l'entrée des forges ou de la bergerie jusqu'à l'étang d'Issheim – ou du lavoir des brebis à la tourelle en forêt où Rosalinde me lisait *Les Trois Vertus* de sa bien-aimée Christine de Pisan.

Seul ce qui brûle

Alors les yeux fermés, rassemblant tous mes sens, dans une concentration aiguë, je détale comme un lièvre.

Tous les bruits sont au rendez-vous : le martèlement de mes pieds sur la pierraille, le froissement des feuilles mortes, le *tsss* glissé du tapis d'aiguilles des mélèzes ; et les odeurs m'emplissent d'une si troublante manière qu'il m'arrive d'ouvrir les yeux pour vérifier si je n'ai pas tout de bon quitté la chambre. Il m'arrive d'être ravigorée par le grand air et essoufflée par ma course. Je ne m'étonnerais pas que cette activité de l'imaginaire m'ait aidée à conserver jusqu'à présent ma santé.

Mais la vie la plus semblable à la vraie vie, ce sont les rêves qui me la donnent. Non qu'ils ne soient aussi parfois torturants. Mais ils m'offrent un accès royal à tous mes sens, à la nature vénérée, aux arbres, aux bêtes, aux éléments ; j'y cours sous la pluie ou sur la neige et je m'y chauffe au soleil. Et surtout, j'y retrouve le langage vivifiant de ma féminité.

Ces cheveux dont si longtemps je ne pus me consoler qu'ils soient coupés volent la nuit autour de moi comme des ailes et m'enveloppent d'un manteau précieux quand le froid est vif.

Il a tant aimé mes cheveux mordorés ! Il venait y baigner son visage et s'y abreuvait goulûment ! Ne me fallait-il pas les détacher et les ouvrir les soirs du grand Cérémonial d'amour ? Parfois il s'endormait sur leur déploiement et je prenais soin de ne pas bouger de peur de l'éveiller.

Quand la lame a glissé sur ma tête et que j'ai vu au sol toute ma chevelure, j'ai su que j'étais plus morte pour lui que s'il m'avait vidée de mon sang. Je m'interroge de savoir pourquoi il m'a laissé le sang plutôt que les cheveux.

Que de fois mes pensées tournent autour de lui comme les faucons crécerelles autour de notre donjon ! Je n'ai pas pour lui de pensée mauvaise. Je ne parviens pas à ne pas l'aimer. N'est-ce pas dans ses bras que j'ai pour la première fois de ma vie touché cette chose immense qu'est le privilège d'aimer et d'être aimée ? N'est-ce pas lui qui a tiré de moi les premiers balbutiements, les premières mélopées d'amoureuse ?

Jamais je n'ai pu le juger. Au grand jamais ! Ses actes se sont abattus sur nous comme ces cataclysmes ravageurs de la nature. Qui suis-je pour juger ? Que sais-je des chevauchées d'enfer qui traversent parfois le cœur des hommes ? Je n'ai pu que m'abandonner à sa fureur comme les branches s'abandonnent à la tornade – au risque d'être brisées.

Moi qui le connaissais de toute ma chair comme les arbres connaissent toutes les intensités du vent, de la plus légère des brises à l'ouragan le plus brutal – moi qui le connaissais comme seule la femme connaît l'homme, qui savais tous les registres, toutes les nuances de son être : la délicatesse de son

85

souffle effleurant ma gorge, la douceur de ses doigts dessinant des arabesques sur ma peau... toutes les tonalités de sa voix, de la plus secrète à la plus impérieuse, tous les rythmes de ses reins, du plus alangui au plus emporté, moi qui connaissais tous les attributs de son caractère, comment aurais-je pu m'ériger en juge ? En faire un rustre, un criminel ? Que la femme pût juger l'homme auquel elle appartient allait à l'encontre pour moi de toutes les lois du vivant.

Même au début, je ne l'ai pas condamné, et ma peur de lui est tombée au fur et à mesure que passaient les jours.

Et moi qui ne pouvais imaginer de le rencontrer face à face ni de soutenir son regard je n'ai pourtant jamais perdu la nuit son irradiante présence dans mon dos.

Quand j'étais encore à lui, je n'aimais rien tant que m'endormir sur le flanc avec son corps lové dans mon dos. Une œuvre de grand ébéniste en vérité, tenons et mortaises imbriqués ! L'amour aime les dos. Nulle part ne se déploie mieux l'innocence première. C'est l'absence de tout observateur qui ouvre des yeux secrets dans chaque pore de la peau.

Aussi, une fois la longue phase de désespoir achevée, mon seigneur reprit à l'insu de tous et de lui-même sa place dans mon dos. Et quand vient le moment du réveil, encore imbibée de lui, je me cramponne de toutes mes forces à l'étroite corniche de demi-sommeil pour ne pas chuter avec trop de dureté dans la pleine conscience.

Parfois dans mes rêves, et comme lorsqu'une porte se ferme si doucement qu'on n'entend pas le pêne glisser dans la gâche, il est déjà en moi avant que je ne l'aie senti approcher. Il me fouaille jusqu'au fond des entrailles, me rend à la vie avant de s'esquiver comme les bêtes de nuit aux premiers rayons de l'aube.

Grâce à tant de bénédictions qui me viennent en rêve, mon corps demeure vivant.

Il reste ce corps dont tous les replis sont sensibles, toutes les zones tendres et activées dans chaque mouvement. Je perçois en marchant la détente de mes nerfs et de mes tendons jusqu'au bout des doigts de pied. Ce corps continue obstinément d'héberger le vivant. Il ose même ce que je ne me permets pas souvent : croire dans chacune de ses fibres qu'il y a encore une vie derrière les murs de cette chambre et qu'un jour – oui, un jour – il sera libre !

Je fis bien d'autres intéressantes découvertes.

Je m'aperçus que tous les épisodes de ma vie – y compris ceux dont ne m'étaient restés en apparence que quelques fragments – étaient en fait conservés intacts dans des sortes de poches de mémoire. A peine les avait-on entrouvertes que surgissait dans une profusion de couleurs, d'émotions, de rumeurs, de détails et de goûts sur la langue l'expérience d'alors.

Certaines mémoires se révélaient de véritables boîtes de Pandore impossibles à refermer. Aussi, je m'efforçai de maintenir une attention soutenue dans mes explorations.

Et bientôt se révéla plus précieux encore : ce pouvoir qui est donné à l'âme de modifier le cours du passé, d'ouvrir un aparté où n'était qu'un silence, de poser une question qui brûlait jusqu'alors la langue, de venir dire adieu là où la séparation était allée trop vite, ou pardon là où le couperet d'un jugement était durement tombé.

La première scène que je vécus avec cette acuité me mit Amanda sur les genoux.

Amanda était une hermine apprivoisée qui avait enchanté mon enfance. Elle dormait sur le bois du ciel de mon lit dans les festons des courtines et montait la garde des anges ; mon premier regard, en m'éveillant, était pour elle.

Elle tenait ma chambre nette de souris et de rats et chassait de mon cœur la mélancolie. Quand j'étais assise, elle venait sur mon épaule se lover dans mon cou. Je dus la défendre contre la curiosité de mes frères, mais surtout de Johann l'aîné dont les brusqueries et la voix la mettaient en panique. J'allais jusqu'à interdire à ce frère de l'approcher. Le jour où, âgé de douze ans, il partit chez son parrain pour y être valet d'armes, je trouvai Amanda morte sur mon oreiller ; le sang coulait de son museau.

Je refusai longtemps la nourriture. Penser à mon frère me faisait horreur.

Et quand la nouvelle nous parvint quelques mois plus tard qu'il était mort d'un coup de sabot malencontreux dans la poitrine, je restai sans une larme et le cœur sec. Un sombre contentement me traversa.

Toutes ces sensations, je les retrouvai comme sang caillé sur la peau et je m'en lavai peu à peu.

Il devenait clair que ces événements cruels et ces pensées haineuses que la vie n'épargne à personne avaient tissé des épaisseurs de toile de plus en plus grossières entre la lumière du ciel et moi. Et que la chance m'était donnée aujourd'hui de les écarter.

A l'intolérable vision d'Amanda au museau saignant, se substitua celle du jeune garçon au thorax brisé, mon frère Johann, et je devins soudain capable d'éprouver pour lui de la compassion. Alors se produisit quelque chose que je n'aurais pas été en mesure d'espérer, ni même d'imaginer.

Lorsque ma compassion eut atteint mon frère, j'eus la vision qu'il se mettait lentement sur ses pieds au lieu où il était demeuré mort, et qu'il commençait de marcher, quittant la scène de la vie mortelle pour passer de l'autre côté. Il tenait dans ses bras un chose blanche et son visage était penché vers elle dans une attention pleine de tendresse. C'était Amanda qu'il portait.

Seul ce qui brûle

Voilà ce qui illumine mes jours. Désormais je ne crains plus leur interminable avancée.

Il y eut bien d'autres révélations encore.

D'où sourdaient-elles et de quelle façon se constituaient ces formations d'images, de sensations, d'obsessions qui nous assaillent pour nous entraîner là où nous ne voulons pas aller — soit dans le ressassement, la rancœur, le dégoût, l'ennui ?

Je me mis à les épier comme le chat guette la souris. Car à peine étaient-elles apparues que déjà elles se déroulaient de plus en plus vite et de plus en plus loin dans un élan impossible à suspendre.

Je me mis à rembobiner l'écheveau qui se dévidait. C'est dire qu'au lieu de partir plus loin, toujours plus loin, je remontais en suivant le fil jusqu'à la pelote mère. Je n'avais de cesse de retrouver le mot, la pensée, la sensation, l'incident qui avait provoqué cette cascade. Et lorsque je parvenais à ce point de départ, lorsque je voyais clairement d'où cela était parti, j'éprouvais une satisfaction claire et joyeuse. J'appris à arrêter le tourniquet des déplorations qui, au cœur de l'épreuve, nous coûte la raison. Cette découverte me comblait.

Désormais je pouvais jouer avec ma mémoire sans avoir à craindre de glisser dans ses abîmes.

Ce matin, je crois sentir une odeur de foin. Mes narines s'animent et se dilatent. Oui. Oui. Sans doute manie-t-on des ballots dans la cour sur le chemin des fenils. J'ai un faible pour les odeurs car elles ont souvent un itinéraire secret jusqu'à ma chambre ; ne voyagent-elles pas dans la manche de chemise du barbier ou dans le pli de guimpe d'une servante ?

Aussitôt un espace s'ouvre.

Je m'y aventure.

93

Seul ce qui brûle

J'ai dix ans. Je tiens la main de ma sœur Isa, de deux ans ma cadette.

C'est la fin de l'été, le temps béni de la fenaison. Notre petite chienne Hop, une drôlesse tachée de son, nous entraîne jusqu'aux granges les plus éloignées. Soudain, près de nous, un corps-à-corps, une empoignade qui nous glace le sang à toutes deux. A un pan de jupe qui se soulève, nous avons reconnu Lisette, une fille de cuisine ; et aussitôt ses plaintes et un gémissement aigu qui va à la moelle. Le foin s'est mis à voler comme sous les coups furieux d'un battoir. Le regard affolé d'Isa m'implore de me précipiter au secours de Lisette mais pour toute réponse j'enfonce mes ongles dans son bras en lui enjoignant d'un seul regard de se taire ; je l'entraîne au plus vite.

Parvenue à la route, Isa s'arrache violemment à ma main et me crie en s'enfuyant :

– Méchante ! Si elle meurt, je dirai que c'est de ta faute !

— Isa, quand l'homme et la femme se mêlent, il ne faut pas vouloir leur porter secours.

Ces paroles que je tiens de Rosalinde ne lui parviendraient plus, même si je les criais. Isa m'en veut.

Je mets des jours entiers à regagner son cœur.

Quand je veux lui expliquer que Lisette n'a pas été battue, elle finit par comprendre parce qu'elle connaît les bêtes mais elle secoue la tête avec déplaisir. Elle n'aime pas comme les choses sont. Ce monde comme il va ne lui plaît pas. Il la remplit d'appréhension. Comme si derrière chaque chose, chaque odeur, chaque bruissement se cachait un danger. Je crois qu'elle confond le monde avec les grandes mains cordées de nerfs de notre tuteur. Je crois et je crains. Comment pourrais-je, du haut de mes dix ans, la protéger ! Et autant j'aime à m'enfuir, à courir, à jouer et à lutter avec mes cousins et mes frères, à chasser et à chevaucher avec eux, oubliant tout, autant Isa se tient à distance de tous et de tout. Parfois elle me serre convulsivement les mains comme si nous devions sur l'heure être séparées.

Quelques mois après ces fenaisons, les fièvres l'emportent.

Ma mère a dit la veille à Rosalinde :

– Cette enfant va mourir dans la semaine. Vous voyez bien qu'elle ne se défend pas !

La mort d'Isa me chagrine longtemps.

Je n'ose plus aimer avec la hardiesse d'avant ni me jeter dans les jours avec cette effronterie joyeuse. En partant, elle a mis sous scellés l'odeur du foin et les gémissements de Lisette.

Aujourd'hui tout cela m'apparaît clair – et je lui dis en lui prenant les mains – oh oui, je les tiens fraîches et frêles :

– Isa, je retourne aimer la fenaison et tout le reste. Et tu ne m'en veux plus !

A la paix joyeuse qui m'envahit, je sens qu'elle a acquiescé. Je ne m'étonnerais pas qu'elle ait ri.

L'odeur du foin me rejoint à nouveau. Elle ne soulève plus ce nuage de mémoire derrière elle. Elle est délicieuse et rien de plus.

Tout est paisible.

J'ai même osé tantôt – l'été était à son zénith – retourner au lieu du drame qui m'a coûté la liberté.

Je n'ai pas été surprise outre mesure de n'y trouver aucun effroi captif. Le lieu est vide. Le page est loin.

Etait-il semblable à ces chevreaux dont on dit qu'ils vont sans rechigner au couteau d'un bon sacrificateur, empressés qu'ils sont de laisser derrière eux leur enveloppe de chair ? La naissance et la mort ne se déroulent peut-être pas dans l'ordre que l'on croit.

Jamais le page n'a hanté le lieu de sa mort. J'en ai été certaine depuis le premier jour où cette chambre m'a tenue captive. Il a pris sa fin comme monnaie comptante et, sans tergiverser, s'en est allé.

Nos jeux étaient bons, francs, parfois même rudes. J'aimais à le taquiner et à le voir désemparé. Je le poussais dans ses retranchements en exigeant de lui des actes héroïques comme enjamber une rambarde écroulée au risque de se rompre le cou ou repêcher au fond d'un puits à demi éboulé le volant qui y était tombé. Le visage grave, un peu buté, il allait au bout de chaque épreuve. Je ne devenais méchante que quand je sentais en lui monter un trouble – et avec ce trouble, une force d'homme qui me mettait en danger.

J'effleurai deux fois ce péril et je veillai avec acuité à ce que cela ne se reproduisît pas. Jamais son trouble ne m'a gagnée.

Et même si nos jeux ont fini par causer notre perte, je porte en moi l'inébranlable conviction que mon corps n'a pas connu le page. Et cela même si je l'ai provoqué de mes rires et de mes quolibets. Ce que j'avance peut paraître extravagant. Mais sans trouble, où serait la trahison ?

Jusqu'à ce jour je n'ai pas trouvé à ancrer en moi une culpabilité envers mon seigneur. Je ne l'ai pas trahi : j'ai seulement joué trop loin – et mon désespoir a été entier dans la souffrance que je lui causais.

Le malheur veut que le destin ne nous frappe pas au sommet d'un pic ou au fond d'un abîme mais dans une zone d'inanité totale – au détour d'une vétille. C'est sur un plancher d'insignifiance que nous avons dérapé.

En ce jour, tout n'était-il pas préparé pour notre perte ?

Jamais jusqu'alors mon époux n'avait usé de violence envers moi et j'en éprouvais une immense gratitude. Il m'arrivait souvent de couvrir de baisers ses mains clémentes. Quel soulagement j'avais éprouvé après mes noces de voir que toutes mes craintes étaient vaines et que c'en était fait pour toujours des punitions que mon tuteur – Dieu ait son âme – m'avait fait subir, petite fille !

Mais voilà que je sentais monter en mon époux, depuis des semaines et des nuits, une fièvre que je n'arrivais plus à apaiser, une intensité qui m'échappait. Non qu'il usât de violences à mon égard mais son visage parfois se figeait à me regarder, ses narines paraissaient blanchir et ses mâchoires tremblaient. Il lui arrivait de me rabrouer durement pour un geste immodeste, une pirouette ou un éclat de rire – tout ce qui, quelques mois plus tôt, me valait ses caresses. Même ses embrassements étaient devenus immodérés, frénétiques. Il y avait en lui comme un désordre d'amour qui commençait de me faire peur.

Je priai la Vierge de m'enseigner à mieux le contenter et à chasser de sa tête, en la laissant reposer sur mon sein, cette impatience folle. Le pouvoir, hélas, ne m'en fut pas accordé. Ce que je décris là ne culmina qu'à la pointe de sa dague.

Etrangement, tout se joua, sans remous, dans l'implacable logique d'une flèche lâchée quelque part dans l'ombre, par un archer invisible.

Il ne faut jamais faire semblant de croire que les choses telles qu'elles se produisent dans nos vies soient évitables.

Ce serait la source d'une inutile souffrance.

Le page est mort sous le couteau.

Un grand silence est depuis descendu sur nous trois, un linceul noir sur nos trois vies

L'été dernier, un épisode tumultueux m'a éclairée – s'il eût été besoin – sur l'état de mon cœur.

Une troupe d'hommes de main sous la menée de mon cousin Ulrich von Hirschen-schlag tentèrent de me délivrer. Je ne compris pas d'abord ces cris, ces jurons, ces fracas de lames croisées que j'entendis sous mes fenêtres. J'appris plus tard par Marthe que mes sauveteurs avaient été rejetés violemment hors les murs et que cet épisode avait mis le maître de maison en fureur.

J'en fus moi-même aussi très contrariée. J'eusse volontiers fait savoir à mon cousin que je ne souhaitais pas qu'il se mêlât de me délivrer. Je n'étais pas sans savoir combien ma personne importait peu dans cette affaire et que tout prétexte était bon dans nos contrées pour permettre aux Maisons, qu'elles fussent alliées, parentes ou ennemies, de se livrer ces échauffourées dont elles étaient friandes. Ne nous fallait-il pas sans cesse à Ehrenburg, comme autrefois dans ma famille, déjouer les menées des uns et des autres ? Mon cousin était une tête brûlée.

Je frissonnai comme si j'avais échappé à un danger.

Je ne voulais pas être arrachée à ce lieu. Ma

seule délivrance – si tant est qu'elle advînt ! –
passerait par les mains de mon époux.

Jamais cela ne m'était apparu plus clairement que dans cette circonstance. C'est ici à
Ehrenburg et nulle part ailleurs que j'avais
mes racines et ma couronne. Aucune femme
n'avait été mieux honorée dans son âme et
son corps que je l'avais été ici. Le seul rêve
que je me permis était de vivre à nouveau en
pleine lumière auprès de mon époux.

Je ne voulais rien d'autre que ce que j'avais
connu et brisé. Il n'existait pas d'autre paradis
que je fusse en mesure de me peindre.

Je n'ignorais pas pour autant que me
remettre à espérer pouvait être la source d'une
souffrance infinie.

Pourtant, même si rien ne parut changé,
une voix lovée dans mon ventre me disait que
ma captivité ne durerait pas toujours.

La philosophie veut nous persuader que
nous sommes différents des bêtes. Je ne le

crois pas un seul instant. J'ai hérité pour ma part de la prescience que je leur vois si souvent, de cet instinct qui anticipe cataclysmes et accalmies.

Enfant, je flairais dans les couloirs, quelques heures avant qu'elles n'éclatent, les colères de mon tuteur. Et n'ai-je pas senti au ventre quelques jours avant le drame que quelque chose de redoutable rôdait ? De même que j'avais su aussi dans les bons jours, bien avant qu'on pût entendre les sabots de son cheval, que mon seigneur approchait d'Ehrenburg.

Balourd aussi, racontait Rosalinde, se levait toujours un long temps avant que je ne revienne d'une équipée et parfois si longtemps à l'avance qu'elle pensait : « Oh, cette fois, il se sera trompé ! »

N'y a-t-il pas grand bonheur à savoir que toutes les eaux de la terre sont reliées par le jeu subtil des infiltrations et des nappes ? N'y a-t-il pas grand bonheur à savoir que les vivants, bêtes et gens, sont reliés par d'invisibles rhizomes : une seule respiration pour tous sous le soleil.

Il n'y a que les sots qui ne veulent être que pour soi et ne se réjouissent pas d'un si vaste lignage !

Si les hommes veulent à tout prix se hisser au-dessus des bêtes, c'est qu'ils ont peur de leur vérité simple, de leurs émotions nues. Ainsi ces cancrelats que j'ai mis en fuite l'autre nuit en éclairant ma chandelle : ils couraient en tous sens, fous de terreur comme des villageois fuyant de nuit des assaillants.

Et ce regard que j'échangeai tantôt avec un jeune rat juché sur mon bahut ! Qui réflétait à qui sa frayeur ?

A l'autre bout des sentiments, n'ai-je pas appris ce qu'était l'amour dans l'abandon des bêtes à l'amour ? Un abandon si total qu'aucune maltraitance ne l'affecte.

N'ai-je pas vu dans les yeux des chiens et

des chevaux de mon tuteur, après les caresses comme après les coups, le même regard noyé d'amour ?

Quand Amanda s'endormait sur mes genoux, elle devenait beaucoup plus lourde que le poids de son corps. S'ajoutait à sa chair toute l'immolation qu'elle me faisait d'elle.

Il n'est guère que l'arrogance des hommes que les bêtes n'aient pas.

Une autre mémoire de prescience me revient.

J'appris de mon tuteur que contre toute attente (ne me menaçait-il pas parfois, par jeu cruel, de me marier à son palefrenier, un homme couvert de poils et qui dormait avec ses éperons ?), un gentilhomme de très haut rang avait demandé ma main.

Il me fit savoir que mon prétendant serait là ce soir avec la compagnie de chasse qui se réunissait régulièrement à Wenzelheim à la pleine lune : j'aurai l'autorisation de l'apercevoir par l'oculus qui des cuisines donne sur la grande salle. Ma mère sera présente et me le montrera.

Je demandai avec aplomb si je ne pourrais pas descendre lui faire ma révérence. Mon beau-père s'offusqua de mon effronterie et me renvoya sans réponse.

Pour finir, ce fut Rosalinde qui fut chargée de me le montrer.

Elle me coiffa et me para d'abord avec soin.

– C'est pour l'oculus que tu me fais belle ?

– Je le crains, mais si d'aventure on venait te chercher, je voudrais que tu sois prête.

On ne vint pas.

J'approchai, le cœur battant, de la petite ouverture ménagée dans la boiserie.

Une effervescence bruyante et joyeuse régnait dans la salle. Une vingtaine de gentilshommes étaient là, une coupe à la main. Je *le* reconnus aussitôt. N'avais-je pas quelques semaines plus tôt senti son regard sur moi en traversant la salle ? Je portai alors à

107

boire à Balourd et n'osai lever les yeux tant ce regard m'enveloppait.

Je reconnus celui que je n'avais jamais vu.

Je serrai à la broyer la main de Rosalinde.

Elle me souffla à l'oreille :

— Celui à droite qui porte ce pourpoint de satin cramoisi et cette robe fourrée de loup-cervier.

— Je le sais, articulai-je à voix basse.

Elle s'étonna :

— Comment le sais-tu ?

Je me tournai résolument vers elle, les joues empourprées, le regard droit.

— Tu me le demandes vraiment ?

Elle eut un sourire.

Rosalinde !

Comment les autres enfants dans le monde survivaient-ils sans elle ? Je me le suis souvent demandé.

J'eus la chance insensée d'être jusqu'à ma treizième année remise chaque jour au monde par son regard. Sait-on assez que personne n'est capable de trouver seul l'usage de ses yeux, de ses mains, de son cœur, de son intelligence ? Il y faut un guide qui mène et enseigne. Tout ne passe-t-il pas d'une âme à l'autre – par sainte transmission – par contagion naturelle ? Sans Rosalinde, il n'y aurait pas eu d'Albe. Ou plutôt, Albe aurait rejoint ce peuple immense des habitants des limbes, des spectres affamés qui errent entre les mondes.

J'exagère ? Oh non ! Il n'est que d'ouvrir les yeux.

Le monde n'est-il pas empli de ces âmes mortes guidées par la peur et l'envie, ignorant tout, pillant et profanant puisque personne jamais n'a pris soin d'elles ? Une meute féroce d'âmes mortes à qui toute tendresse a été refusée !

Elles sont partout – dans les masures et dans les châteaux, pendues aux gibets et assises sur les trônes, brûlant sur les bûchers, gelant dans les couvents. Et si nous, enfants, étions interdits de parole à la table des grands, personne n'avait songé à nous boucher les oreilles – et nous ne perdions pas une parole.

Les nouvelles que les hôtes et les voyageurs rapportaient des Pays-Bas, de Hongrie, de Souabie, du Roussillon et de la Cerdagne, de Castille et d'Aragon – que sais-je encore – nous enseignaient qu'au grand dam des populations, les villes et les provinces changeaient chaque jour de maître et de lit comme des concubines déchues tandis que partout flambaient les bûchers.

Ce que nous entendions nous révélait toujours la même chose : un pire diable en chassait un moindre. Et ceux qui portaient pour dix mille écus de point de Gênes à leurs manchettes et à leurs collets ne valaient guère mieux que les gens de sac et de corde que le malheur des temps multipliait.

– Vois, me disait Rosalinde, l'histoire comme elle va ! Une querelle chasse l'autre, une félonie l'autre, une guerre l'autre. Toute initiative repousse d'une case à l'autre du damier les calamités. Une immense souffrance voyage dont chacun cherche à se décharger sur un autre comme dans ce jeu d'enfant où il faut à tout prix se débarrasser d'un sac noué où est enfermé le diable.

– Et pour que le jeu soit interrompu, que faire ?

– Une seule chose, ma colombe. Il n'est que d'accueillir une bribe de cette souffrance noire dans son propre cœur, de l'y bercer, de l'y soigner. Et d'espérer qu'y œuvre l'alchimie d'amour. Tout le reste est du vent.

Elle ne s'inquiétait pas de ce que je la comprenne ou non.

– Il ne faut pas vouloir simplifier les choses pour être à la portée des enfants. Un jour les enfants n'en sont plus et les graines qu'on a mises en eux germent, disait-elle.

Certaines phrases de Rosalinde ressemblent aux rubans de couleur que nous suspendions aux volets pour la Fête-Dieu. Leur fraîcheur est intacte.

— Rosalinde, c'est donné pour quoi faire la vie ?

Elle prenait doucement mes épaules dans ses mains et me tournait vers elle dans un cœur-à-cœur qui donnait chaud.

— Mais pour rien, ma colombe, pour rien d'autre que ce qui est ! La vie joue à travers toi. Regarde-la jouer. Comme elle aime à être toi, à habiter tes bras, tes jambes, ta peau soyeuse, à sentir bon dans tes cheveux ! Laisse-la être, laisse-la se plaire en toi et même lorsque le jeu ne sera plus à ton goût, laisse-la, je t'en prie, laisse-la faire. On ne lui échappe pas. Personne ne lui échappe.

Et après un long silence et un sourire furtif

— Et pourtant oui, il y a bel et bien une échappée possible. Au lieu de subir ce à quoi on n'échappe pas — moi la vieillesse et les rhumatismes — toi de devenir grande et de me quitter – on peut aussi le choisir ; on peut oser le choisir !

Et d'éclater de rire :

– Ta part est meilleure, ma colombe !

Je gémissais dans son cou que je ne voulais pas la quitter de toute ma vie.

– Oh ma colombe, ce serait folie !

Wenzelheim avait cessé, selon elle, d'être un lieu sûr, pour moi. La vraie nature du regard inquiétant et vindicatif que posait sur moi mon beau-père lui était apparue depuis longtemps. Aussi lorsqu'elle apprit que je serais donnée au comte d'Ehrenburg, sa satisfaction fut-elle vive. Elle m'enseigna le mariage – cette unique issue qui m'était offerte – avec tant de force et d'amour qu'elle réveilla en moi une vocation brûlante.

Un jour où debout dans mon dos, elle brossait mes cheveux, nous vîmes monter par

la fenêtre ouverte la menace d'un orage d'été
sur la campagne.

— Quand tu étais petite, Albe, tu voulais
toujours retourner chez Dieu, t'en souviens-tu
encore ? As-tu mémoire des soirs où tu pleu-
rais en demandant d'être ramenée chez Lui
au moins pour la nuit ? Et où tu refusais
d'ôter tes souliers avant d'aller dormir de
peur de ne pouvoir Le suivre dehors s'Il
t'appelait ? Il n'y a que Balourd qui savait te
consoler et c'est sur lui que tu t'endormais
pour finir. Eh bien, je vais te donner le secret
du chemin qui te ramènera où tu voulais
aller : Albe, c'est l'homme ! C'est ton époux !
Tu seras son jardin sous l'averse.

L'orage avait éclaté ; un puissant spectacle
d'eaux giclantes, de ruissellements, de branches secouées nous tenait fascinées.

— As-tu senti tout à l'heure le frémissement
d'attente qui a parcouru la nature ? Et combien la sécheresse de ces derniers jours appelait sa venue ? As-tu perçu son frisson quand

les premières rafales sont tombées ? Et son abandon ? L'effroi et le ravissement, le saisissement et la terreur de la nature entière ? Quand le ciel et la terre se rencontrent ainsi, c'est le même paroxysme tumultueux que lorsque l'âme s'unit à Dieu ou l'homme à la femme, la même jubilation des mondes. Tu la reconnaîtras quand tu émergeras de ses bras, dévastée et radieuse, son jardin sous l'orage.

Je ne l'écoutais plus.

Un tiraillement aigu, une douleur suave m'emplissaient.

Elle s'agenouilla devant moi et prit mon visage entre ses mains.

– Quoi qu'il advienne, Albe – car je ne serai plus là pour te parler –, ne tergiverse pas, donne-toi sans rémission. Sers ton époux de toutes les manières. Tout vacillement te perdra. Toute hésitation te coûtera des forces. Ne te lasse pas, ne t'irrite pas, ne juge jamais. Que la corde de ta viole soit tendue entre le chevalet et son doigt pour capter tous ses frémissements. Sois pure écoute, tendue entière vers lui. Entends-moi bien : il te faudra être entière pour de bon dans cette ferveur. Ne pas feindre d'aimer ! Ne pas feindre de te donner ! Ce que je te dis, qui est un secret, deviendrait une piteuse morale si tu n'y trouvais amplement ton compte et ta jouissance. Il y a vaste récolte dans le jardin des femmes. Et viendra le jour où tu te retrouveras là où tu voulais être depuis le début – avec la révélation incendiaire et séditieuse qu'en dépit des apparences tu n'auras jamais cessé d'y être depuis le début : oui au cœur même de ton Dieu. Il y a certes de saintes femmes qui découvrent leur liberté entre les murs des couvents. Ton chemin à toi passe par les bras de l'homme. C'est ta nature. Il n'est que de te regarder...

La mort de ma Rosalinde un mois avant mes noces me chagrina profondément mais elle me donna aussi cette force mystérieuse que donnent les morts à ceux qu'ils ont le plus aimés.

C'était désormais comme si tous les ponts étaient coupés derrière moi. Il n'y avait plus personne pour m'offrir refuge. Le seul chemin possible menait droit où elle m'avait dit d'aller : vers l'homme qui serait mon époux.

Nos noces se déroulèrent pour moi dans une sorte de transe que je n'avais jamais connue et que je n'ai jamais retrouvée par la suite.

Je me mouvais dans un fluide. Chaque mouvement s'en trouvait ralenti. J'étais semblable à quelque amphibie qui passerait de l'air à l'eau.

Dans cet élément inexploré, j'entrais nue.

Pour la première fois de mon existence, sous le regard de mon époux, je sentis que j'étais noble et belle de corps et d'âme. Rassemblée, entière dans ses yeux brûlants.

L'ardeur de son désir et l'émerveillement que je lui causais m'exaltaient. Moi qui avais subi tant de regards troubles et malfaisants, je découvrais cette piété naturelle, cette sensualité modeste et joyeuse qui étaient ma vraie nature.

Rosalinde ne m'avait pas menti. La récolte était vaste au jardin des femmes.

Lorsque, des années plus tard, le drame se fut produit, j'éprouvai de la reconnaissance de ce que Rosalinde fût déjà morte. Cette souffrance que mon destin lui eût causée me l'eût rendu à moi-même deux fois plus cruel.

De plus, sa mort, ou ce qu'on appelle communément ainsi, lui permettait de traverser les murs.

Que de fois l'ai-je sentie s'asseoir près de moi ou me poser les mains sur les épaules.

Elle m'a parlé en rêve et elle m'a sauvée.

N'est-ce pas d'elle que j'ai reçu la force de

ne pas haïr mon époux pour le dur châtiment qu'il me faisait subir ?

Et ne pas haïr, c'est échapper à tout châtiment. C'est rester libre.

Il s'est passé hier une chose extraordinaire.

J'ai de la peine à la conter tant je suis encore émue.

J'entrai dans la salle à manger par la porte dérobée. Surprise ! Les chandeliers des grands jours brûlent ! La longue table est une nef de lumière. Mes yeux ont de la peine à s'accommoder à tant de clarté. Je vois le visage de mon époux. Je vois son visage ! Et à côté de lui un hôte à moi inconnu, de haute noblesse à n'en pas douter. De son bliaud de velours noir dépassent à l'encolure et aux poignets les broderies d'orfroi de sa chemise. Une pensée a fusé aussitôt : il est originaire du royaume de France. Il parle la langue bénie de ma Rosalinde.

Mon arrivée a suspendu une conversation fort animée et je sens combien mon apparence trouble profondément notre visiteur.

Je demeure immobile, les yeux baissés à craindre que l'ajustement de mon corsage ne laisse affleurer les battements de mon cœur. Chacun de mes gestes soulève cent livres de plomb. Je ne fais que goûter aux mets qu'on me sert et, après avoir vidé en deux gorgées ma coupe, j'ose lever mon regard vers mon seigneur et son hôte et m'incliner profondément. Mon cœur, en m'éloignant, est plein de palpitations, de prières, de bénédictions.

Au lendemain, ils sont venus dans ma chambre.

Oui, ils sont venus.

Quand le noble seigneur m'a adressé la parole, mes larmes ont coulé. Impossible de les retenir. Et quand j'ai pu lui répondre, m'adressant à lui avec respect, tout mon être en vérité s'élançait vers mon seigneur. Tous mes sens, à part mon regard, l'entouraient, le cherchaient, le palpaient. Et j'ai senti qu'il tremblait à l'intérieur de lui-même du même tremblement que moi – qu'il tremblait, oserais-je le dire ? – ou est-ce blasphème puisque l'enceinte sacrée où il se tient m'est interdite ?... qu'il tremblait d'amour.

Depuis ce matin-là, je n'ai plus pu me ressaisir. Tous mes chevaux ont pris la bride au cou. Je n'ai plus rien en main. Mon corps ne cesse de vibrer. Un long vibrato l'habite, dense, intense, qui ne me laisse plus dormir.

Depuis ce matin-là aussi, le barbier n'est plus revenu.

Je ne m'abuse pas, n'est-ce pas ? Je ne m'abuse pas ? Depuis trois jours, j'ose sentir que tout change. Invisible aux yeux, tout change. L'air se déplace autour de moi en courants inhabituels. Un frisson incessant parcourt les murs d'Ehrenburg. Je le sens. Je le sais.

Mon seigneur m'appelle.

121

Si cela que je sens est vrai, alors les temps approchent où je reverrai le monde.

Je reverrai le monde !

Mes pieds se poseront à nouveau sur la terre et mes pas marqueront la glaise. L'eau des flaques giclera quand je les traverserai en courant. Et dans les sentes ensauvagées, j'écarterai les branches pour passer. Je reverrai le bassin profond où à même le roc sont taillées des marches. Et sur la troisième m'attendra le crapaud qui me jauge de ses yeux d'ambre. Je reverrai l'allée des grands tilleuls et le creux profond dans le treizième arbre à droite où je me blottirai quand la pluie me surprendra. J'entendrai à nouveau grogner les porcs qui fouillent le pied des hêtres et crier des gerfauts en plein vol. Et le grincement des poulies et le bruit de linge mouillé que font les oreilles flasques de Balourd quand il secoue la tête. J'irai flairer au jardin l'aneth et le cumin et je frotterai de lavande le creux derrière les oreilles pour courir les faire humer à... Ah, je grimperai dans le poirier fourchu à l'entrée du verger pour observer les oiseaux et les nids ! et dans l'écurie, Aristée, ma jument, appuiera son chanfrein contre ma poitrine et nous serons un long moment à nous repousser tendrement par petites secousses l'une et l'autre.

Je retournerai dans le monde et le monde en moi.

Et plus jamais ma plume n'aura à courir sur le papier puisque *je vivrai* !

Les jours passent. Et les semaines.

Les mois.

Et chaque jour qui passe serre un tour d'écrou dans mon cœur.

M'a-t-il oubliée ? Ne trouve-t-il plus le chemin vers moi ?

J'ignorais qu'au milieu de tant d'espérance, de tant de prière et de louange, de tant de confiance et de tant d'amour il y eût place encore pour pareille détresse. N'est-ce pas plutôt la dernière fois que la vrille aspirante du chagrin vient tirer de moi tout ce qui n'est pas encore lumière et don d'amour ? Demain... Demain la porte va s'ouvrir.

Deuxième lettre
de Sigismund d'Ehrenburg
au seigneur de Bernage

Très cher et noble ami,

Il me devient de plus en plus difficile de participer à la vie autour de moi... les allées et venues des domestiques, les visites d'alliés, les entrevues accordées à tel gérant, à tel créancier..., non pas par faiblesse mais plutôt parce que je commence de me mouvoir dans un espace où les autres n'ont plus accès.

La maladie que j'ai contractée à la guerre voilà quinze ans déjà et qui a eu la bonne grâce depuis de somnoler le plus souvent entre maintenant dans une phase qui ne me permet plus de me leurrer.

Aussi ai-je décidé de vous écrire pour par-

tager avec vous les considérations les plus pro-
fondes que la vie m'inspire avant de la quitter.

Je vous donne d'abord des nouvelles
d'Ehrenburg.

Trois enfants nous sont nés auxquels j'ai
tenté comme le veut la raison de ne pas trop
m'attacher car sait-on jamais, dans ces premières années, s'ils survivront ou non. Mais
leur drôlerie, leur vivacité et cette grâce qu'ils
tiennent de leur mère ont eu raison de ma
lucidité : j'en suis fou.

Ne pas souhaiter avec ferveur que le pire
leur soit épargné m'est quasi impossible. Et
pourtant ils connaîtront – si tant est qu'ils
vivent – la joie **et** la détresse, le ravissement
et la terreur comme tout un chacun puisque
le meilleur et le pire ne sont que le recto et
le verso du même. Vouloir leur éviter l'un
ou l'autre, c'est rêver que la vie passe à côté
d'eux sans les voir, c'est leur refuser d'exister.
Vous sentez bien, cher ami, que je n'écris cela
que pour m'en convaincre moi-même. Dieu

merci, les choses iront leur cours et mes souhaits rejoindront la poussière.

Je veux surtout, dans cette lettre, vous parler des femmes.

Vous vous étonnerez peut-être que, si près
de la mort, je parle des femmes et non de Dieu.
C'est que cette distinction m'apparaît de plus
en plus factice. Quelle voie pourrait mener ailleurs qu'à l'unité première ? Et si j'osais aller
au bout de ma pensée, je vous dirais : Quelle
voie peut nous mener ailleurs que *nulle part*
puisque c'est là notre matrice première et dernière – ce nulle part de vertige que, bien avant
la mort, les femmes savent si bien nous ouvrir.

Les choses que j'ai à vous dire sont inef-
fables et probablement impossibles à mettre
en mots – ce qui ne constitue pas une raison
suffisante pour ne pas le tenter.

Vous êtes l'homme sur terre auquel je dois
le plus. Non seulement vous avez brisé le

piège à loups où je m'étais moi-même enferré, non seulement vous m'avez rendu à la vie en me rendant Albe, mais vous m'avez sans le savoir propulsé dans une conscience agrandie.

Tant de choses me sont apparues ! J'ignorais à quel point j'étais éloigné du vivant. Nous prenons d'abord pour notre existence singulière la ramification que nous sommes de notre lignage.

Vous connaissez comme moi ces lignages anciens fous d'orgueil et d'outrecuidance, la lame toujours hors du fourreau, à l'affût d'une riche alliance ou d'une terre nouvelle et qui n'ont de cesse d'avoir défié l'empereur ou le pape, portant, comme fleurons à leur couronne, le pillage et le rapt, l'excommunication et le bannissement.

Ce sang-là m'a cravaché. Je me croyais son cavalier. J'étais sa monture. Les tournois à plaisance où l'on s'amuse d'armes factices ne m'inspiraient que mépris. Seuls ceux à outrance m'appelaient, là où les lames sont nues et où la mort a aussi son pied à l'étrier. Et toutes ces batailles que j'ai traversées, enragé, un rideau de fibrilles rouges devant les yeux me tenaient lieu de vie !

Tout cela, cher et noble ami, *je ne l'étais pas*. Tout cela c'était le sang qui coulait dans mes veines avec ses lois et ses violences et que je servais.

Et puis soudain, voilà que ce qui m'apparaissait jusqu'alors naturel cesse de l'être. Le voile se déchire sur une perspective inattendue. Aucun chemin connu ne mène à cette subtile merveille de vérité qui apparaît alors.

La vérité ! Croyez qu'elle peut à tout moment surgir pour le saint comme pour le brigand, pour le savant comme pour le simple d'esprit, pour le martyr comme pour le joyeux drille. C'est ce total retournement que, sans le savoir, malgré vous, vous avez provoqué en moi. Il n'y a aucune manière de

vivre qui y mène plus qu'une autre ! Pas étonnant que les Eglises tiennent cette révélation
sublime et scandaleuse sous le boisseau.

Vous comprendrez que je ne désire pas de
prêtre à mon lit de mort – Dieu m'a désigné
trois maîtres pour me frayer un chemin
jusqu'à lui : le désir qu'a l'homme de la
femme, la passion d'amour et le crime. Je
n'en renierai aucun.

Vous avez compris que je ne mets pas au
pinacle la vertu ni ceux qui la cultivent trop
exclusivement. Il m'apparaît qu'ils ne font
pas assez confiance à la générosité divine qui
fait feu de tout bois. A aucun homme n'est
épargné d'accomplir son travail de vie, c'est-
à-dire d'accepter que soient brassés en lui les
mondes antagoniques. C'est la chaleur déga-
gée dans l'aire de battage par les coups des
fléaux qui libère le grain et va remplir nos
granges. Si, sur le conseil d'un capucin, je me
condamnais comme pécheur, ne trahirais-je

pas la haute intelligence qui œuvre en moi ?
Et en m'exposant moi-même au pilori, ne
suspendrais-je pas le flux qui me transforme
d'heure en heure ?

La frontière entre le bien et le mal passe
entre les deux yeux de chaque vivant.

Je n'en suis pas aveugle pour autant. Je sais
que tout acte violent ricoche et porte en lui
son châtiment et son germe. J'ai été richement doté des deux. Le châtiment m'a tenu
en enfer – et le germe, cette force capable de
fendre le roc, m'a fissuré le cœur.

C'est le passage de l'un à l'autre qui reste
pur mystère.

Il n'est pas abstrus de penser qu'il existe
dans chaque vie un trou vertigineux par
lequel s'opère le passage à une dimension
autre. Et peut-être la tentative d'échapper à
cette aspiration, à cette chute vertigineuse par
tous les moyens, toutes les stratégies, toutes
les ruses est-elle l'origine même de nos pires
souffrances.

Le refus acharné qu'oppose en nous le connu à l'inconnu, le familier à l'inexploré, oblige en somme le destin à user de violence envers nous.

Pour le fœtus dans le ventre de sa mère, la fin du monde se nomme naissance. Et n'appelons-nous pas « papillon » l'anéantissement de la chenille ?

Toute vie est un drame cosmique qui ne finit, somme toute, pas si mal.

Oui – et quelle fut la nature de cette vérité que ma sortie d'enfer me révéla ?

Une sorte de miracle : j'ai soudain *vu*.

Ma vision factice et convenue des choses s'est fissurée. Et j'ai *vu*. Au début ces états ne faisaient que cligner ; plus tard ils se sont quelques fois stabilisés un long temps dont je ne serais plus en mesure de dire combien il durait.

De peur de passer pour dément, je me suis gardé d'en parler à quiconque. Mais la vérité est à l'inverse : je suis sorti du monde qu'hallucine mon époque pour rejoindre une réalité sans temps et sans lieu. Et cette réalité – mes yeux se brouillent de larmes en l'écrivant – est une prodigieuse coulée de lumière, un magma phosphorescent qu'irisent toutes les nuances du plus sombre au plus lumineux. Jamais je n'avais vu pareille coulée de magenta, pareille lie-de-prune virant à l'améthyste, pareil flux ininterrompu de mauves, d'indigos et de bleus...

Je l'ai vu comme je vois maintenant par la fenêtre ouverte descendre le soir. J'ai vu que la matière n'était que lumière et vibration – et puis-je oser vous le dire ? – Amour, pur Amour, Amour incommensurable !

J'ai posé ma plume un moment. Je suis resté les yeux perdus au loin pour retrouver ma respiration – tant cela m'a bouleversé à écrire. Ne m'avez-vous pas rendu la vie ? Ne me devais-je pas de vous confier ce que j'ai rencontré de plus haut ? Eh bien voilà : il n'est que de laisser couler à travers nous ces jeux de la lumière divine. Ils nous traversent, se brisent en réfractions multiples, en scintillements innombrables mais entendez-moi bien : dans ce lieu traversé, personne ne se tient !

Ni vous, ni moi, ni personne ! Et quand je dis personne, ne croyez pas que j'exagère. Il n'y a véritablement personne à qui cela arrive. J'ai suivi ces jeux de miroitements que nous appelons nos vies.

Quel étonnant spectacle !

Ce que j'ai vu m'a rendu libre et joyeux.

Le plus souvent, au lieu de jouir de ce que la vie veuille jouer avec nous, au lieu de lui présenter notre friselis, l'ondulation de notre vague pour qu'elle en fasse chatoyer la surface, nous nous mettons à croire que *cela* nous le sommes vraiment et devenons les captifs d'un mirage. L'engrenage de la souffrance nous saisit alors.

Seul ce qui brûle

Sur celui qui a cessé de se prendre pour lui-même, la souffrance n'a plus prise. Etrangement, il n'y a, lorsque cette réalité s'est installée, aucun renoncement à accomplir, aucun sacrifice à faire – c'est tout le contraire : quand plus personne ne revendique ce qui arrive, il n'y a que délivrance. Il n'y a qu'expérience radieuse et contemplation.

En cet instant, je vois par la fenêtre ouverte rentrer lentement les bœufs en dodelinant de la tête.

Tous ces êtres créés qui feignent délicieusement d'aller quelque part alors qu'ils ne sont jamais partis de nulle part et n'arriveront en nul lieu où ils ne soient déjà !

Cette immense mise en scène sacrée et absurde dont jouissent les dieux quand, entre deux rêves, ils laissent leur regard vaguer sur les mondes.

Il ne m'étonnerait pas que nous ne soyons alors ces dieux.

La leçon de tout cela ?

Il n'est que de mener avec bonheur la vie qui nous a été prêtée, de mettre le plus d'énergie possible à en jouir, le moins d'énergie possible à en souffrir et ne pas s'étonner quand tout cela qui semble être clignote et disparaît.

Et les femmes, me direz-vous, où sont les femmes dans tout cela ?

Je n'ai parlé de rien d'autre.

Aussi longtemps que nous nous acharnons à manifester notre existence, à vouloir être vus, sentis, perçus par le monde, les femmes sont cet extraordinaire espace offert pour parader, cette sublime arène de chair où mener nos jeux de gladiateurs ! Pourquoi ne nous dégrisent-elles pas ? Pourquoi ne se lassent-elles pas de nos bravades ?

Parce qu'elles sont, par je ne sais quelle donnée primordiale, prêtes à tout accepter

— comme la terre se laisse brûler par le soleil, flageller par l'orage, déchirer par le soc.

Et qui nous arrêterait dès lors s'il n'y avait l'autre versant du sort ?

Tout cavalier tient entre ses cuisses à la fois sa monture et sa chute prochaine.

Et n'y a-t-il pas encore pour le cavalier foudroyé, entre le sol et l'étrier, l'espace requis pour la grâce ?

Les femmes triomphent en se dérobant au combat.

Quand nous les croyons encore soumises et offertes, elles sont depuis longtemps déjà fenêtres ouvertes sur l'infini.

Aussi longtemps qu'elles s'effacent devant nous, nous avons tout à apprendre d'elles. Au jour où elles se dresseront devant les hommes, un monde finira. Car si tous les jeux sont possibles sur terre, seuls méritent vraiment d'être joués les grands arcanes du sacrifice et de l'adoration.

Si l'amour ne jette plus dans le brasier de Dieu, c'en sera fait ! Car l'enfer sordide que l'homme et la femme s'inventeront l'un à l'autre, je le leur laisse sans regret.

Vous souvenez-vous de la question qui préoccupa tant les conciles des siècles derniers et du nôtre :

les femmes ont-elles une âme ?

Je réponds résolument non !

Il est évident que les femmes n'ont pas d'âme.

Elles sont l'âme d'un monde. Elles sont notre âme.

Il n'y a que lorsqu'une femme se mêle de vouloir exister par elle-même que tout dépérit autour d'elle. Dès qu'elle parade avec ses dons, s'en encombre, en encombre le monde, il n'y a plus qu'à détourner vivement les yeux.

La grandeur des femmes naît de ce qu'elles en ignorent tout.

C'est parce qu'elles ne prennent pas de place en elles que la vie peut y prendre sa source.

Parler des femmes c'est aussi bien sûr pour moi parler de celle que vous m'avez rendue.

Je l'aime aujourd'hui d'un amour apaisé, sans contour et sans fond. Elle a repris sa place. Et sa place est entre ma peau et ma chair. C'est moi qui l'avais couchée sur mes yeux. C'est moi qui m'étais rendu aveugle. Désormais loin de me cacher le ciel et la terre, elle donne entièrement sur eux – comme on dit d'une fenêtre qu'elle donne sur un beau paysage. Rien n'est plus translucide qu'elle.

Albe, ces temps derniers, ne me quitte guère.

Ni le jour ni la nuit.

Souvent je tiens ma main sur son ventre où bouge notre quatrième enfant.

Tout à l'heure j'ai longtemps insisté pour

qu'elle rejoigne sur l'esplanade les enfants et leurs nourrices. Elle a enfin cédé.

Je la vois maintenant qui traverse la cour. Et Ise notre aînée vole plutôt qu'elle ne court à sa rencontre ; avant que ses deux frères n'aient saisi de quoi il en retourne, elle est déjà suspendue au cou de sa mère. Une sauvageonne à la crinière d'ambre et de miel et qui – mon cœur se serre – rendra les hommes fous.

Vous avez deviné, je suppose, pourquoi j'ai envoyé Albe prendre l'air. C'est pour la voir marcher du haut de ma fenêtre.

Voilà quelques semaines, la cour était gelée et j'ai reçu un cadeau tout à fait inespéré : moi qui ne la verrai pas vieillir, je l'ai vue avancer à tout petits pas prudents et incertains comme marchent les très vieilles femmes. C'était un délice.

Aujourd'hui elle avance comme seule Albe avance. Avec cet élancement du jarret que je

142

n'ai vu qu'aux biches. Elle a la grâce absolue des bêtes.

Ainsi, cher et noble ami, j'en arrive pour de bon à la fin.

Les derniers oiseaux jettent leurs dernières trilles du jour ; dans un bosquet proche, les corneilles crient et se chamaillent pour la branche où faire leur nuit. Au loin, des pleurs d'enfants ; un chien lape bruyamment l'eau d'une flaque. Ah ! les premiers cris d'un oiseau de nuit. Désormais je n'ai plus à confronter l'insoutenable beauté du monde, j'en suis part intégrale. L'observateur s'est fondu entier dans ce qu'il regardait.

Un vide lumineux, un tumulte incandescent d'atomes.

Albe revient d'un pas vif vers le château.

Il n'est que de la regarder marcher pour comprendre que je ne l'ai jamais possédée. Pas une seule nuit de toutes nos nuits !

143

Seul ce qui brûle

A force d'être ouverte et béante et vide, à force de laisser passer à travers elle et la vie et la détresse et la prospérité et les enfants et les cavales indomptées du désir, elle a obtenu de moi ce qu'elle n'a pas même pris la peine d'exiger : une totale reddition.

C'est elle qui me fermera les yeux.

Tout ce qui est noble en moi m'est venu d'elle.

Je vous salue et vous bénis,

Sigismund d'Ehrenburg.

*Lettre
d'Albe d'Ehrenburg
au seigneur de Bernage*

Ami noble et vénéré,

Ses jours terrestres que j'eusse tant voulu prolonger l'ont cédé devant les grands jours d'éternité qui l'appelaient : mon époux est mort dans la nuit du huit avril.

Je n'ai laissé à personne d'autre le soin de le laver et de le vêtir et j'ai moi-même avec l'aide d'un valet – le couvercle était fort lourd – fermé le cercueil.

Il m'a donné pour vous cette lettre cache-tée en me faisant promettre de bien veiller à ce qu'elle vous parvienne.

Son enfant bouge en moi tandis que je vous écris.

Surtout n'ayez point d'inquiétude à mon sujet. L'avenir ne me tourmente ni ne m'intéresse. Il a glissé depuis longtemps à terre comme un voile oublié sur une rampe.

Je suis tout entière dans le temps où l'amour m'a placée une fois pour toutes : le présent – et ce temps-là n'a rien à redouter de la mort.

Ce que je suis est déjà advenu et ne se perdra plus.

La mort n'est pour moi que le visage le plus secret de la vie.

Je ne demeure pas seule !

Je dépose à vos pieds ma déférence et ma gratitude.

A jamais vôtre,

Albe d'Ehrenburg.

P-S : Pourrais-je vous charger d'un message pour le peintre du Roi, Jehan de Paris, qui, comme vous vous en souvenez, me portraitura pour le roi Charles ?

Il me fit demander tantôt par un courrier spécial de poser encore une fois pour lui dans quelque allégorie d'antique inspiration.

Lui diriez-vous que je ne suis plus en mesure d'accepter cette distinction ?

Mon visage, mon corps, mon apparence, tout cela appartenait à mon époux. Je n'en dispose plus et ne veux plus des heures durant être revêtue tout entière par le regard d'un autre homme, fût-il le peintre de la Cour et du Roi.

N'y voyez pas l'ombre d'une vertueuse renonciation. C'est d'un lieu de plénitude que je parle. Je suis si intensément rassemblée, comme on le dit d'un bon cheval, autour de l'amour que j'ai reçu de mon seigneur et que je lui porte.

Tout dépend maintenant de la vigilance

de ma dévotion amoureuse et, comme je la veux brûlante, l'idée d'en être distraite m'est insupportable.

Quelque chose au fond de mon cœur me dit que vous seul, cher et précieux ami, saurez me comprendre.

Albe d'Ehrenburg

Note de l'archiviste

Quelque temps après la mort du comte, parvint à Ehrenburg la requête d'une veuve d'un fief de Westphalie. Elle avait, disait-elle, après des années où elle était restée sans nouvelles, appris que la dépouille de son fils se trouvait à Ehrenburg et que, s'il se révélait que l'information fût juste, rien ne lui complairait davantage, avant de mourir, que rendre ses os à la terre de ses ancêtres. Les aspirations de Balthasar von Helm, son fils, écrivait-elle, avaient été hautes et son grand désir de se rendre à Jérusalem semblait ne s'être pas réalisé. Le destin ne lui avait pas permis d'aller plus loin que la Bavière.

Albe d'Ehrenburg, dès la réception de cette

missive, fit envelopper soigneusement les ossements du jeune homme dans une étoffe précieuse de velours frappé.

Deux coursiers voyagèrent sept jours pour s'acquitter, au contentement de tous, de leur mission.

Le traitement qu'avaient reçu les os et le sertissage du crâne avec un métal d'argent aussi précieux ne laissèrent aucun doute au chanoine qui avait été chargé par la veuve de préparer la mise en bière : le jeune homme était mort en odeur de sainteté. Pareil apprêt en était la preuve indéniable et ne pouvait avoir d'autre origine.

Un précieux reliquaire de l'église que les hussites avaient récemment pillée, et laissé vide, accueillit le crâne, les tibias et les fémurs de Balthasar von Helm.

Et comme chaque relique ne tarde guère à révéler son pouvoir spécifique, ce furent les jeunes filles en mal de mari qui vinrent bientôt déposer là, devant les restes de celui qui fut le page, leurs vœux ardents.

Ces reliques furent honorées jusqu'en 1806, date à laquelle l'église fut incendiée et pillée par les soldats de l'armée napoléonienne.

DU MÊME AUTEUR

Aux Éditions Albin Michel

LES CAHIERS D'UNE HYPOCRITE

CHRONIQUE TENDRE DES JOURS AMERS

LA MORT VIENNOISE, Prix des Libraires 1979

LA GUERRE DES FILLES

LES ÂGES DE LA VIE

HISTOIRE D'ÂME, Prix Albert-Camus 1989

UNE PASSION, Prix des écrivains croyants 1993

DU BON USAGE DES CRISES

RASTENBERG

ÉLOGE DU MARIAGE, DE L'ENGAGEMENT ET AUTRES FOLIES,
    Prix Anna de Noailles de l'Académie française 2000

OÙ COURS-TU ? NE SAIS-TU PAS QUE LE CIEL EST EN TOI ?

LES SEPT NUITS DE LA REINE

N'OUBLIE PAS LES CHEVAUX ÉCUMANTS DU PASSÉ

SEUL CE QUI BRÛLE, Prix de La Langue française 2006

DERNIERS FRAGMENTS D'UN LONG VOYAGE

Composition IGS
Impression Bussière, juillet 2007
Éditions Albin Michel
22, rue Huyghens, 75014 Paris
www.albin-michel.fr

ISBN broché : 978-2-226-17337-9
ISBN luxe : 978-2-226-13965-8
N° d'édition : 25535. – N° d'impression : 072458/4.
Dépôt légal : août 2006
Imprimé en France.